KB187646

불가리아 출신

율리안 모데스트의 에스페란토 원작 장편소설

황금의 포세이돈

LA ORA POZIDONO

율리안 모데스트(Julian Modest) 지음

황금의 포세이돈
인 쇄 : 2022년 11월 08일 초판 1쇄
발 행 : 2022년 11월 11일 초판 2쇄
지은이 : 율리안 모데스트(Julian Modest)
옮긴이 : 오태영(Mateno)
표지디자인 : 노혜지
펴낸이 : 오태영
출판사 : 진달래
신고 번호 : 제25100-2020-000085호
신고 일자 : 2020.10.29
주 소 : 서울시 구로구 부일로 985, 101호
전 화 : 02-2688-1561
팩 스 : 0504-200-1561
이메일 : 5morning@naver.com
인쇄소 : TECH D & P(마포구)
값 : 13,000원
ISBN : 979-11-91643-74-9(03890)

불가리아 출신
율리안 모데스트의 에스페란토 원작 장편소설

황금의 포세이돈

LA ORA POZIDONO

율리안 모데스트(Julian Modest) 지음
오태영 옮김

진달래 출판사

Julian Modest

La Ora Pozidono

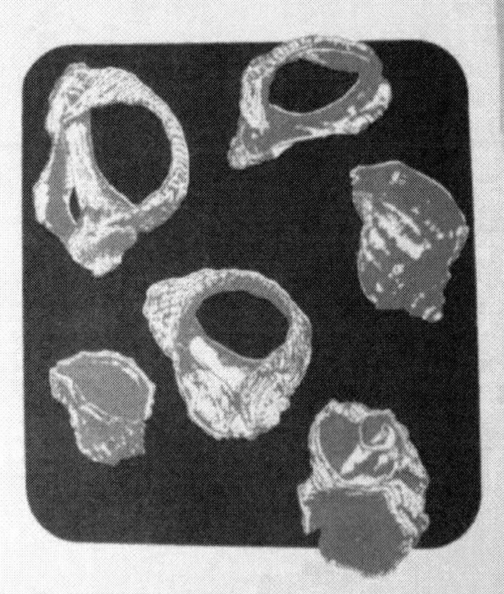

목차(Enhavo)

Julian Modest
La Ora Pozidono

HUNGARA ESPERANTO-ASOCIO BUDAPEST, 1984

ISBN 963 571 132 8

Eldonis: Hungara Esperanto-Asocio
Respondeca eldonanto: Tibor Vasko
Respondeca redaktoro: Vilmos Benczik
Teknika redaktoro: Oszkár Böhm
Titolpaĝo: Atanas Mihalcev

1장 10년 만에

여기는 아무것도 변하지 않았다.
오래된 호텔 메트로폴로가 인적 없는 바닷가에 갈매기처럼 덩그러니 놓여 있다.
커다란 배가 정착한 듯 카지노가 자리했다. 그때 매일 밤 테라스에서는 한밤중까지 서독에서 온 어떤 오케스트라가 미친 듯 열정적으로 연주해서 우리 호텔방의 적막을 쫓아냈다.
카지노에서 시작된 오솔길은 성긴 아카시 나무 숲 사이를 지나 구불구불 이어져 호텔 브리조에 이르게 한다. 10년 전과 마찬가지로 그것은 바다를 향해 커다란 창을 설치한 4층짜리다.
넓은 공원이 호텔을 둘러싸서 여러 푸른색 무리사이에 하얀 대리석 형태가 안겨 있다.
불 꺼진 내 방에 창이 있다. 작고 그렇게 편리하지 않은 방이지만 창은 바다를 향하고 있다. 10년 만에 나는 다시 여기에 왔다. 나는 다시 현대식 바닷가 휴양지에서 산책한다. 내가 전에 있었던 그 먼 여름에 일어난 일을 기억하려고 한다. 나는 레오, 클라라, 아델레의 얼굴을 기억하려고 한다. 그들의 목소리, 몸짓을 기억하려고 한다.
나는 포세이돈의 축제가 열리고 클라라가 사라진 그 치명적인 밤의 모든 순간을 다시 한 번 떠올리려고 한다. 마치 나는 아직도 빼빼한 형사의 딱딱한 소리를 듣는 것 같다.
"어젯밤에 마지막으로 클라라 씨를 몇 시에 보았나요?"
"9시 30분입니다."
"어디서요?"
"포세이돈의 축제가 있던 항구에서요."
"그 후 어디로 갔나요?"
"호텔로 돌아왔어요."
"혼자서요?"
"예."
"몇 시였죠?"
"아마 10시 쯤요."
"거짓말을 하네요. 아침 4시에 호텔로 돌아왔어요. 30분 뒤 갑자기 숙소를 떠났어요. 왜죠?"
왜? 나는 침묵했다.
그때 나는 클라라가 사라진 것을 아직 믿고 싶지 않았다. 그리고 지금 10년 뒤 내가 다시 마지막으로 포세이돈의 밤 동안 그녀를 본 것처럼 그렇게 다시 그녀를 여기서 보리라고 생각한다. 바닷가에서 갑자기 그녀를 알아 볼 것이라고 느껴졌다. 바람 때문에 그녀의 검은 머릿결, 하얀 웃옷은 살랑거릴 것이다. 그녀가 맨발로 부드러운 모래 위에 발자국을 남길 것이다. 나는 클라라, 클라라 하고 소리 치고 싶은 피할 수 없는 충동을 느낀다. 하지만 오로지 바람과 파도의 철썩이는 소리가 내 부름에 응답하리라는 것을 나는 안다. 나는 호텔 브리조를 옆으로 지나갔다.
천천히 황금 포세이돈의 해만(海灣)으로 걸어간다. 9월의 바람이 아카시 나뭇가지를 어루만지고 마른 잎이 오솔길을 덮고 내가 이 휴양지에서 혼자라는 이상한 감정이 나를 장악했다. 그렇다. 휴양 계절은 벌써 오래전에 지나갔다. 해만을 둘러싼 날카로운 바위 사이에 바닷가로 안내하는 오솔길을 나는 쉽게 찾는다. 해만에는 아무도 없다. 나는 돌 위에 앉아 바다를 바라본다.

10년 전에 이 숨겨진 해만에 두개의 낡은 배와 허름한 오두막이 있었다. 지금은 배도 오두막도 여기에 없다. 마치 바닷바람이 그것들을 멀리 쫓아낸 것 같다. 이 해만에서 나는 루시를 만났다. 그는 여기에서 황금 포세이돈의 신기한 동상 이야기를 내게 해 주었다.

여기에 나는 포세이돈의 밤 동안 클라라와 함께 왔다. 하지만 지금 루시도 클라라도 여기 없다. 바위 뒤 어딘가에서 복숭아 같이 큰 두 눈으로 누가 나를 보는 듯했다. 그녀의 눈이다. 벌써 10년간 이 두 개의 눈은 나를 편안하게 두지 않았다.

항상 어디서나 나를 몰래 살펴보았다. 이 치명적인 여름이 지난 지 10년이나 되었는가?

1

Ĉi tie nenio ŝanĝigis. Jen la malnova hotelo „Metropolo", sidanta kiel mevo sur la senhoma mara bordo. Jen la kazino, simila al granda ankrita ŝipo. Tiam ĉiun vesperon ĝia teraso, ĝis noktomezo, ludis iu okcidentgermana orkestro, frenezaj melodioj forpeladis la trankvilon de mia hotela ĉambro.

La aleo kiu komenciĝas de la kazino kaj serpentumas tra la maldensa akaciarbaro, kondukas al la hotelo „Brizo". Jen ankaŭ ĝi, sama kiel antaŭ dek jaroj; kvaretaĝa kun larĝaj fenestroj kiuj rigardas al la maro. Vasta parko ĉirkaŭas la hotelon kaj volvas ĝian blankan marmoran korpon en bunta verdaĵo.

Jen la fenestro de mia estinta ĉambro. Estis eta kaj ne tre oportuna ĉambro, sed ĝia fenestro rigardis al la maro.

Jen, post dek jaroj, mi denove estas ĉi tie. Mi denove promenas en tiu ĉi moderna mara restadejo kaj mi provas rememori ĉion, kio okazis dum tiu fora somero, kiam mi estis ĉi tie. Mi provas rememori la vizaĝojn de Leo, Klara kaj Adèle. Mi provas rememori iliajn voĉojn, iliajn gestojn... Mi provas ankoraŭfoje restarigi ĉiujn momentojn el tiu ĉi fatala nokto kiam okazis la festo de Pozidono kaj kiam malaperis Klara.

Kvazaŭ mi ankoraŭ aŭdas la metalan voĉon de la magra detektivo:

- Hieraŭ vespere lastan fojon, je kioma horo vi vidis Klaran ?
- Je la naŭa kaj duono.
- Kie?
- Sur la haveno, kie estis la festo de Pozidono.
- Kien vi iris poste?
- Mi revenis en la hotelon.
- Ĉu sola?
- Jes.
- Je kioma horo?
- Eble je la deka.
- Vi mensogas. Vi revenis en la hotelon je la kvara horo matene. Post duonhoro vi subite forlasis la restadejon. Kial?

Kial. Mi silentis. Tiam mi ankoraŭ ne deziris kredi, ke Klara malaperis.

Kaj nun, post dek jaroj, mi naive imagas, ke mi denove vidos ŝin ĉi tie, tiel, kiel mi lastfoje vidis ŝin dum la nokto de Pozidono. Eĉ ŝajnas al mi, ke mi subite rimarkos ŝin sur la mara bordo. La vento flirtigos ŝiajn nigrajn harojn, ŝian blankan robon. Ŝiaj nudaj piedoj lasos spurojn en la mola sablo. Mi sentas neeviteblan emon ekkrii; „Klara, Klara", sed mi scias; nur la vento kaj la plaŭdo de la ondoj respondos al mia voko.

Mi trapasas preter la hotelo „Brizo" kaj mi ekiras malrapide al la golfo de la Ora Pozidono. La septembra vento murmuras en la branĉoj de la akacioj; sekaj folioj kovras la aleon, kaj obsedas min la stranga sento, ke mi estas sola en la restadejo. Jes, la ripozsezono jam delonge pasis.

Inter la akraj rokoj, ĉirkaŭantaj la golfon, mi facile trovas la padon, kiu kondukas al la bordo. Neniu estas en la golfo. Mi sidiĝas sur ŝtono kaj alrigardas la maron.

Antaŭ dek jaroj en tiu ĉi kaŝita golfo staris du oldaj boatoj kaj kaduka barako. Nun nek la boatoj, nek la barako estas ĉi tie. Kvazaŭ la mara vento forblovis ilin. En tiu ĉi golfo mi renkontis Rusin kaj ĉi tie li rakontis al mi pri la stranga monumento de la Ora Pozidono.

Ĉi tien mi venis kun Klara dum la nokto de Pozidono. Sed nun, nek Rusi, nek Klara estas ĉi tie.

Kvazaŭ de ie, malantaŭ la rokoj, du grandaj migdalaj okuloj gvatas min. Ŝiaj okuloj. Jam dek jarojn tiuj du okuloj ne lasas min trankvila. Ĉiam kaj ĉie ili kaŝe observas min. Ĉu vere jam dek jaroj pasis de tiu fatala somero?

그렇게 큰 키는 아니고 복숭아같이 크고 어두운 눈동자를 가졌다. 그 눈동자가 내게 인상적이었다. 그 안에서 작은 반짝임이 보여 이삼 초간 나도 모르게 가만히 그녀의 눈을 살펴보았다.

"아델레는 몇 시에 오나요?"

남자가 물었다.

"8시 30분이요."

여자가 대답했다.

"어젯밤 우리는 조금 더 수다를 떨어서 아마 그 아이는 피곤할 거예요."

"분명 늦겠군."

"저기 오네요."

여자가 말했다.

나도 모르게 머리를 문으로 향해 들고, 우리 탁자로 열여덟 이나 열아홉 먹은 아가씨가 다가오는 것을 보았다.

"안녕하세요, 클라라 아주머니. 안녕하세요, 레오 아저씨."

그녀는 낯선 말로 인사했다.

나는 정신을 차릴 수 없었다. 내가 그 언어를 잘 알았다.

"안녕, 아델레!"

남자가 말하고 일어나서 그녀 손에 입맞춤 했다.

"안녕, 아델레. 잘 잤니?"

여자가 물었다.

"감사합니다. 잘 잤어요."

아가씨가 살짝 웃는데 입 안의 작은 이가 진주처럼 반짝였다.

"거의 자정에서 1시간이 지나 침대에 들어갔으니 아마 오늘 크게 피곤할 거야."
남자가 걱정스럽게 말했다.
"전혀 그렇지 않아요. 우리는 즐겁게 대화해서 자정이 지난 것도 느끼지 못했어요. 별 일 아니에요."
아가씨가 살짝 웃고 잠시 나를 바라보았다.
"이 친절한 젊은이는 어디선가 본 적 있어요."
그녀는 부드럽게 말했다.
"그의 방이 우리 방 옆이 아닌가요?"
그녀는 내가 자기가 하는 말을 알아듣는다고 전혀 짐작하지 못 했다.
"정말 우리 방은 서로 옆에 있지만, 지금껏 보지 못했어요."
나는 그들이 대화하고 있는 언어로 말을 꺼냈다.
그녀는 입을 딱 벌리고 나를 보았다.
"에스페란토를 하나요?"
의심하듯 여자가 물었다.
"예."
내가 대답했다.
"믿을 수 없네요."
남자가 살짝 웃었다.
"모든 것을 기대했지만 여기서 에스페란티스토를 만나리라고 전혀 짐작하지 못 했어."
오직 아가씨만 아무 말도 하지 않았다. 그녀는 얼굴이 빨개지고 당황해서 감히 나를 쳐다보지도 못했다.
"아주 기뻐요."

남자가 말을 계속했다.
"나는 레오라고 해요. 레오 카네브."
"감사합니다. 제 이름은 에밀 바세브입니다."
"내 아내…." 레오가 말하고 검은 머리의 여자를 소개했다.
"클라라입니다."
그녀는 이름을 말하고 손을 내게 내밀었다.
그녀의 복숭아 같은 두 눈에서는 탁자에 앉을 때 내가 알아차린 작은 반짝임이 다시 보였다.
"아델레 양. 우리에게 지금 손님으로 온 프랑스 친구."
레오가 계속 말했다.
그녀는 겨우 고개를 들고 당황한 채 푸르고 파란 눈동자로 나를 바라보았다.
"나는 아델레입니다."
그녀가 속삭였다. 콧소리로 부드럽게 소리를 내서 가락있게 들렸다. 그러는 동안 종업원이 아침을 가지고 와서 우리는 조용히 식사를 했다. 내 옆에서 아델레는 천천히 우유를 마셨다.
그녀의 여름용 파란 웃옷 때문에 눈동자가 더 파랗게 느껴졌다. 그녀의 얼굴은 정말 우윳빛으로 하얗지만 지금은 해에 그을려 오래된 황금색이다. 아델레는 내가 그녀를 살피고 있다고 느끼고 여러 차례 내게 웃었다. '아델레' 하면서 소리 내지 않고 그녀의 이름을 발음해 보았다. 그리고 처음으로 그런 가락 있는 여자 이름을 들은 것 같았다.
클라라가 불가리아어로 '여기 혼자서 쉬고 있냐?' 고 물었지만 레오가 농담하며 끼어들었다.

"여보, 에스페란토로 말해요."
"내가 불가리아 말을 한 번이라도 하게 가만히 계세요."
클라라는 조금 성가신 듯 말했다.
"지금 우리는 오직 에스페란토로만 말해야 해요."
부탁하듯 레오가 덧붙이고 그녀 머릿결을 어루만졌다. 레오가 '언제부터 여기에서 머무르고 있냐?' 고 물었다. 그리고 '무언가 필요하면 편안하게 214호로 그들을 찾으라.' 고 말했다.
아침 식사를 마친 뒤 나는 떠나려고 일어났다. 레오가 내 손을 잡고 다정하게 말했다.
"우리 다시 만나기를 바라요."
나는 감사하고 작별한 뒤 문으로 갔다. 나는 이유를 알지 못하지만 아델레가 나를 오래도록 쳐다보거나 그것을 내가 상상한 것 같이 느꼈다.
해만에서 나는 다시 혼자 있었다. 희미한 바람이 장난스럽게 파도의 작은 거품을 바닷가로 밀어냈다. 배도, 보트도 바다에서는 볼 수 없다. 시원한 파도가 나를 어루만졌다. 내가 깊은 잠에서 깨어난 것처럼 먼 꿈 속에서 레오, 클라라, 아델레를 만난 것 같이 느꼈다. 나는 천천히 헤엄쳤다. 내 앞에 넓은 바다가 펼쳐져 있어 그 부드러운 색깔이 내게 아델레의 하늘빛 눈동자를 기억나게 했다. '그녀는 누구인가? 클라라와 레오는 누구인가? 그들이 에스페란토를 말하는 것이 어떻게 가능한가?'
가락에 맞추어 공기를 마시고 내뱉었다. 30분 뒤에 나는 바닷가로 돌아가서 오래도록 가만히 따뜻한 바위 위에 누워 있었다. 저녁에 식당에서 다시 레오, 클라라, 아델레를

- Je la oka kaj duono – respondis la virino. – Hieraŭ vespere ni iom pli babilis kaj eble ŝi laciĝis.
- Certe ŝi malfruos.
– Jen, ŝi venas - diris la virino.
Ankaŭ mi nevole turnis la kapon al la pordo kaj mi vidis, ke ege al nia tablo proksimiĝas dekok-deknaŭjara knabino.
- Bonan matenon, Klara, bonan matenon, Leo - ŝi salutis fremdlingve.
Mi restis kiel stuporita - mi bone sciis tiun lingvon.
- Saluton, Adèle - diris la viro, ekstaris kaj kisis ŝian manon.
- Saluton, Adèle, kiel vi dormis? - demandis la virino.
- Dankon bone - ekridetis la knabino kaj ŝiaj etaj dentoj ekbrilis perle.
- Estis preskaŭ unua horo post la noktomezo kiam vi enlitiĝis. Eble ege laca vi estos hodiaŭ - rimarkis zorgmiene la viro.
- Tute ne. Ni tiel agrable konversaciis kaj mi eĉ ne eksentis kiam pasis la noktomezo. Tamen tio ne gravas, - ekridetis la knabino kaj por momento alrigardis min. – Tiun simpatian knabon mi jam vidis ie – ŝi diris trankvile. – Ĉu

ne lia ĉambro estas apud la mia?
Ŝi tute ne supozis, ke mi komprenas la lingvon, kiun ŝi parolis.
- Verŝajne niaj ĉambroj estas unu apud la alia, sed ĝis nun mi ne vidis vin – mi ekparolis en la lingvo, en kiu ili konversaciis.
Ili gape strabis min.
- Ĉu vi parolas Esperanton? - suspekte demandis la virino.
- Jes - respondis mi.
- Nekredeble - ekridetis la viro. – Ĉion mi atendis, sed neniam mi supozis, ke ĉi tie mi renkontos esperantiston.
Nur la knabino nenion diris. Ŝi ruĝiĝis, konfuziĝis kaj ne kuraĝis alrigardi min.
- Mi tre ĝojas - daŭrigis la viro. - Mi nomiĝas Leo, Leo Kanev.
- Dankon. Mia nomo estas Emil Vasev.
- Mia edzino - diris Leo, kaj prezentis al mi la nigraharan junulinon.
- Klara - ŝi prononcis, etendante manon al mi, kaj en ŝiaj migdalaj okuloj denove ekludis la etaj briloj, kiujn mi rimarkis kiam si eksidis ĉe la tablo.
- Adèle, nia franca amikino, kiu nun gastas ĉe ni - daŭrigis Leo.

La knabino apenaŭ levis kapon, kaj ŝiaj verdbluaj okuloj konfuzite alrigardis min.

- Mi estas Adèle – ŝi ekflustris.

Nazale, mole ŝi prononcis la sonojn kaj tio faris ŝian parolon ege melodia.

Dume la kelnero alportis la matenmanĝon kaj ni silente ekmanĝis. Apud mi, Adèle malrapide trinkis la lakton. Ŝia somera blua robo kvazaŭ emfazis la bluecon de ŝiaj okuloj. Ŝia vizaĝo verŝajne estis laktoblanka, sed nun pro la sunbruniĝo ĝi havis koloron de malnova oro.

Adèle sentis, ke mi observas ŝin, kaj foje-foje ŝi ekridetis al mi.

„Adèle" senvoĉe mi prononcis ŝian nomon, kaj ŝajnis al mi, ke unuafoje mi aŭdas tian melodian inan nomon

Klara demandis min bulgare, ĉu mi ripozas sola ĉi tie, sed Leo ŝerce intermetis;

- Kara, parolu Esperante.

- Ĉu mi ne rajtas eĉ unu bulgaran vorton prononci? - demandis Klara iom ironie.

- Nun ni devas paroli nur Esperanton – pardoneme aldonis Leo kaj karesis ŝian hararon.

Leo demandis min, de kiam mi estas en la restadejo, kaj li diris, ke, se mi bezonas ion, mi trankvile serĉu ilin en la ĉambro ducent dekkvara.

Kiam post la fino de la matenmanĝo mi ekstaris por foriri, Leo premis mian manon kaj amike diris;

- Mi esperas, ke ni denove renkontiĝos.

Mi dankis, adiaŭis ilin kaj ekiris al la pordo. Mi ne scias kial, sed al mi ekŝajnis, ke Adèle rigardis longe min, aŭ tion mi nur imagis.

En la golfo mi denove estis sola. Febla vento petole pelis al la bordo malgrandajn ŝaŭmajn ondojn. Nek ŝipo, nek boato videblis en la maro.

La friskaj ondoj ekkaresis min. Kvazaŭ nun mi vekiĝus el profunda dormo, kaj ŝajnis al mi, en fora sonĝo mi renkontis Leon, Klaran kaj Adèle.

Mi naĝis malrapide. Antaŭ mi vaste etendiĝis la maro, kies mola koloro rememorigis al mi la lazurajn okulojn de Adèle. Kiu estis ŝi? Kiuj estis Klara, Leo? Kiel okazis, ke ankaŭ ili parolas Esperanton?

Ritme mi enspiris kaj elspiris la aeron.

Post duonhoro mi revenis sur la bordon, kaj longe, kaj senmove mi kuŝis sur la varmaj rokoj.

Vespere, en la restoracio, mi denove renkontiĝis kun Leo, Klara kaj Adèle. Ĉe flanka tablo ili

vespermanĝis, kaj kiam ili min rimarkis, ili mansvinge alvokis min.
Dum la vespermanĝo ni iom babiladis, kaj Leo diris, ke morgaŭ ili iros en la proksiman maran urbon Arna.
- Ĉu vi ne dezirus veni kun ni? – demandis Leo min.
- Kompreneble, jes. Nia ekskurso estos pli agrabla, se ni estos kvarope - anstataŭ mi, respondis Adèle entuziasme.
- Dankon – tramurmuris mi, kaj ni interkonsentis, ke morgaŭ matene, je la naŭa horo, ni renkontiĝos en la halo de la hotelo.
Post la vespermanĝo mi revenis en la ĉambron. Mi ne havis emon promenadi, kaj mi restis en la ĉambro, trafoliumante malnovajn ĵurnalojn. Hodiaŭ kun mi okazis io. La neatendita konatiĝo kun Leo, Klara kaj Adèle kvazaŭ forpelis mian silenton kaj trankvilon. Mi deziris denove vidi Adèle. Iom post iom min obsedis stranga kaj nebula sento, kiun mi ne kuraĝis ankoraŭ difini.

3장 아르나에서

아침에 나는 평소보다 더 빨리 일어났다. 욕실의 차가운 물속에서 상쾌하게 몸을 씻고 레오가 나와 같이 소풍 가자고 요청한 계획에 아델레가 동의하는지 조용히 묵상했다.
나도 모르게 거울 속의 나를 바라보았다.
가끔 나는 내가 멋있는지 그렇지 않은지에 흥미를 느꼈다. 나는 크리올 사람 같은 피부에 마른 얼굴이라 아마 내 눈은 더 크고 더 깊게 보였다. 지금껏 나는 같은 반 여자아이를 제외하고 가끔 아가씨들과 함께 있었다. 그녀를 학교에서 집까지 자주 데려다 주었지만, 모든 우리 동급생들이 자기를 맹목적으로 사랑한다고 그녀는 상상했다. 아마 그래서 자주 나와 이야기할 이유를 찾았다. 내가 그녀에게 아주 흥미를 두지 않다고 느끼니까. 정말로 나는 아가씨들에게 흥미를 갖지 않았다. 나는 고등학교를 잘 마치고 군복무 뒤에 법과대학에 입학하고 싶었다. 법률 학위를 얻고 변호사가 되어 내가 태어난 지방도시에는 절대 돌아오지 않을 셈이었다. 나는 이 작은 도시의 평범하고 단조로운 삶이 싫었다. 나는 우리 아버지의 조용한 존재감이 싫었다. 우리 도시에서 그는 그림자처럼 살았다. 그 누구도 그를 알아차리지 못했고, 그의 조용하고 변화 없는 삶은 나를 고통스럽게 압박했다.
호텔 홀에는 레오만 있었다. 지금 그는 밝고 푸른 여름 정

뻗은 넓은 전망대를 가지고 있다.
“저기 봐, 아델레!”
레오가 말했다.
“그 건물의 소유자는 틀림없이 그리스 출신이야. 불가리아 사람은 바다를 좋아하지 않아. 벌써 수백 년 전부터 그들은 건물을 해안가에서 멀리 떨어져 지었어.”
클라라는 동의하지 않듯 얼굴을 찡그리지만 아무 말도 하지 않았다. 풍경이 아델레의 마음에 들었다. 그녀는 거기서 도시를 바로 사진 찍고 싶었다. 그래서 레오가 차를 세웠다. 우리는 작은 언덕 위로 가 섰는데, 거기서는 아르나가 손바닥 위에 있는 것처럼 보였다.
희미한 바람이 바다를 어루만졌다. 도시 북쪽에 검은 바위가 보였다. 그 위에는 갈매기를 닮은 석회색 집이 덩그러니 놓였다.
바위 아래 부분에서는 파도가 철썩이고 건물은 마치 공중에 걸려 있는 듯했다.
“너무 멋져요.”
아델레가 속삭였다. 도시의 좁고 경사진 거리에서 레오는 오래도록 주차할 장소를 찾았다. 어디나 사람들과 차들이 우글거려, 우리가 갑자기 웅웅거리는 벌집에 들어온 듯한 느낌을 나는 가졌다. 쉴 새 없이 떠드는 소리, 활기찬 고함, 여러 외국어 대화가 넘쳤다.
거리에서 외국인들이 천천히 산책했다. 화려한 여름 복장에 초콜릿색 얼굴, 다채로운 밀짚모자들이 눈을 피곤하게 했다. 도시의 시장을 그냥 통과할 수 없었다.
여기서 사람들 무리는 벽과 같아서 우리는 오두막, 노점,

길 위의 판매용 탁자를 둘러싼 무리를 헤치고 간신히 지나갔다. 사람들이 신선하고 방금 튀긴 고기, 참외, 수박, 꿀, 버섯, 올리브 토마토 채소, 사과 등을 팔았다. 상인들은 소리치고 친밀하게 우리를 잡아당기고 상냥하게 상품을 내보였다. 아델레는 어디를 봐야 할지 모른다. 아마 동양의 시장을 처음 본 듯 했다. 어린애같이 놀라서 눈을 크게 떴다. 그녀는 모든 것을 보고 살펴보고 만지고 싶었다. 노련한 상인은 금세 그녀의 이국적인 황금색 얼굴을 알아차리고 고집스럽게 무언가를 고르도록 종용했다.
그들 말을 조금도 알아듣지 못하며 아델레는 매력 있는 미소로 대답했다. 상인들은 그녀 손에 과일, 채소, 민속옷, 장식품 등을 쥐어주었다. 그녀의 바다색 눈은 행복하게 빛났다. 레오가 무슨 물건이 그녀 마음에 아주 든 것을 알아차리고 금세 자기 지갑을 꺼내 아델레가 선택한 물건을 기꺼이 사주었다. 이 번잡하고 다채로운 시장은 클라라에게도 정말 매력적이었다. 그녀는 꿈 속을 거닌 것처럼 걸어갔다. 이 상품 저 상품으로 이 색에서 저 색으로 눈을 옮기고 그녀의 어둔 눈에서 어린애 같은 기쁨을 나는 알아차린 듯했다. 이 순간 그녀 입술에는 비꼬는 웃음은 완전히 사라졌다. 지금 그녀 입은 조금 열린 채로 그녀의 놀라는 따뜻한 숨소리조차 느꼈다. 하지만 클라라가 자신을 잃어버린 순간을 극히 짧았다. 아델레는 아주 멋진 민속 블라우스를 보고 금세 거기로 걸어갔다. 여자 상인은 예순 살로 힘세고 빨간 얼굴을 한 마을 사람으로 친절하게 블라우스를 아델레에게 내밀었다.
"아가씨, 꽃 같은 미녀네요. 블라우스는 오로지 아가씨 것이에요."
"얼마예요?"
레오가 물었다.
"30 레보입니다."
레오는 지갑을 꺼냈지만 클라라가 갑자기 그를 쳐다보고 웃는 표정으로 마치 뭔가 다른 것을 말하듯 불가리아어로 말했다.
"바보같은 선물 하느라 당신은 오늘 너무 많은 돈을 낭비했어요."
아델레는 클라라가 말한 것을 알아듣지 못했지만 여자 상인은 마음이 상했다.
"블라우스는 예쁘고 손으로 만들었어요, 아주머니."
"아마 당신은 잊었네요. 우리가 그녀 집에 손님으로 갔을 때 그녀 아버지가 얼마나 많은 선물을 주셨는지."
레오도 역시 불가리아어로 말했다. 오른쪽 콧수염이 살짝 떨리고 그가 어떤 이름도 언급하지 않았을지라도 아델레의 아버지 이야기임을 잘 알았다.
"예, 하지만 당신은 공장 소유자는 아니잖아요."
클라라가 덧붙였다.
"블라우스 하나는 살 수 있어."
그리고 레오는 30레보를 웃고 있는 빨간 얼굴의 여자 상인의 손에 쥐어 주었다.
아델레는 기뻐했다. 떨리는 손으로, 마치 평생 수놓은 시골 블라우스를 꿈꿨던 것처럼 아델레는 그렇게 선물을 받아들였다.
"감사합니다. 진심으로 감사합니다."

그녀는 조금 헐떡이며 속삭이고 클라라와 레오에게 입맞춤했다. 분명 레오는 그녀만큼 기뻤지만 클라라는 겨우 조금 웃었다. 나도 모르게 클라라의 손을 바라보았다. 그녀는 빈 가방외에 그 어느 것도 가지고 있지 않았다. 그녀에게 레오는 시장에서 아무것도 사 주지 않았다. 아델레가 목걸이, 팔찌, 블라우스를 받는 동안. 시장 광장 가까이에 시립 박물관이 있어 우리는 거기 들어갔다. 클라라는 다양한 고고학 발굴품이 가지런히 정리된 진열장을 오래도록 바라보았다. 그녀는 주의 깊게 물건 설명문을 읽고 아델레가 모든 물건의 의미뿐만 아니라 물건이 사용된 당신 역사적 조건을 더 잘 알도록 에스페란토로 글자 하나하나를 정확하게 번역해 주었다.
아주 좋은 전략적 위치 덕분에 고대 아르나는 번창한 옛 그리스 도시였고 활발한 상업과 문화의 중심지였다. 그 항구에는 먼 외국의 배들이 정박했고 아마 그때 역시 도시의 거리에는 다양한 외국말을 들을 수 있었다. 간단하게 불가리아 역사를 클라라가 아델레에게 이야기했다. 먼 옛날 불가리아 부족이 발칸반도에 도착하고 불가리아 사람과 슬라브인이 하나 되고 681년 불가리아 나라가 세워지고 비잔티움과 계속 전쟁했다. 아델레는 조용하게 듣고 친절하게 고개를 끄덕이지만 분명 박물관과 불가리아 역사가 그렇게 흥미를 주지 않는 듯했다. 그녀의 해같은 미소는 그녀의 어린애 같은 눈에 지루함과 따분함을 숨길 수 없었다. 하지만 클라라는 마치 그것을 알아차리지 못한 것처럼 더 자세히 더 모든 힘을 쏟아 설명했다. 나는 클라라가 그렇게 에스페란토를 잘 말하는지 짐작하지 못 했다. 그녀는 정말 역사가처럼 이야기했다. 그녀는 내가 모르는 단어를 사용했다. 아마 아델레도 처음 그것을 들었을 것이지만 모든 것을 이해했다고 말하며 자동적으로 고개를 끄덕였다. 클라라가 어떤 단어의 에스페란토 의미를 기억할 수 없을 때 그녀는 불가리아로 레오에게 묻고 그는 금세 에스페란토로 단어를 말했다. 클라라의 역사 강의는 레오 역시 지겹게 만들었지만 클라라는 지금 에스페란토로 말했다.
아마 그것 때문에 그는 지루함을 나타내는 움직임조차 감히 하지 못했다. 나는 자세히 클라라를 살폈다.
그녀는 천천히 조용히 이야기했다. 그녀의 부드러운 뺨에 나타난 희미한 장미색만 과거의 증거물과 만나는 동안 우리를 자주 장악하는 감정을 암시해 준다. 나는 클라라의 직업이 무엇인지 모른다. 그리고 이 순간 역사가 그녀의 직업이나 취미라고 짐작했다. 클라라는 우리를 진지하게 바라보았지만 갑자기 그녀의 복숭아 같은 깊은 두 눈에서 비꼬는 불빛을 알아차렸다.
이런 전혀 기대하지 않은 확신이 나를 뒤덮었다. 클라라는 조용히 감동에 젖어서 말했다. 하지만 매끈하고 조금 감정 어린 목소리로 그녀는 마치 아델레에게 '그래, 나는 이 지방 역사박물관이 네게 전혀 흥미를 주지 않고, 너는 오직 친절함 때문에 우리와 함께 여기에 들어온 것을 아주 잘 알아. 하지만 나는 모든 것을 자세히 설명할 거야. 우리나라 역시 이런 조용한 해양도시에도 긴 역사를 가졌기 때문에.' 라고 보여주고 싶어하는 듯했다. 아델레는 놀라서 클라라를 바라보았다. 그녀는 박물관이 왜 그렇게 중요한지, 클라라가 왜 그렇게 자세히 모든 것을 자기에게 이야기하려고 하는지 전혀 이해할 수 없었다. 아델레는 어쩔 수 없이 엄한 여교사 앞의 여학생처럼 클라라 옆에 서 있다. 그리고 이 순간 나는 바다색 눈동자의 순진한 아가씨를 내가 사랑한다고 느꼈다. 나는 그녀의 어린애 같은 얼굴, 그녀의 웃음, 그녀의 가락있게 말하는 태도조차 사랑했다. 그리고 어제처럼 식당에서 나는 소리 내지 않고 반복했다. '아델레, 아델레.'

3

Matene mi vekiĝis pli frue ol kutime. En la banejo, dum la malvarmeta akvo agrable verŝiĝis sur min, mi meditis maltrankvile, ĉu al Adèle apartenis la ideo, ke Leo invitu min ekskursi kun ili.

Nevole mi alrigardis min en la spegulo. Malofte mi interesiĝis, ĉu mi estas bela aŭ ne. Mi havis kreolan haŭton, magran vizaĝon, kaj eble tial miaj okuloj aspektis pli grandaj kaj pli profundaj

Ĝis nun mi sporade estis kun knabinoj; kun escepto de mia samklasanino, kiun foje-foje mi akompanis de la lernejo ĝis ŝia hejmo, sed ŝi imagis, ke ĉiuj niaj samklasanoj blinde amas ŝin. Eble tial ŝi ofte serĉis kialojn por paroli kun mi, ĉar ŝi sentis, ke mi ne tre interesiĝas pri ŝi. Jes, la knabinoj ne tre interesis min.

Mi volis bone fini la gimnazion, kaj post la plenumo de la soldatservo, matrikuliĝi en la jura fakultato. Mi volis akiri juristan diplomon, fariĝi advokato, kaj neniam plu reveni al la provinca urbo, kie mi naskiĝis. Mi malamis la ebenan, monotonan vivon de tiu eta urbo. Mi malamis la kvietan ekziston de mia patro. En nia urbo li vivis kiel ombro, preskaŭ neniu lin rimarkis, kaj lia silenta kaj senmova vivo dolore subpremis min.

En la halo de la hotelo estis nur Leo. Nun li surhavis helverdan someran kostumon kaj blankan ĉemizon sen kravato. Verŝajne li inklinis mode vestiĝi, ĉar hieraŭ mi tuj rimarkis lian elegantecon.

Leo ne estis alta, sed li havis fortan, harmonian korpon. Liaj nigraj lipharoj kaj fajraj okuloj donis al lia mieno ion energian, sed foje-foje, kiam li parolis, lia dekstra lipharo iome tremis, verŝajne pro ia nerva tiko.

Postnelonge ankaŭ Adèle kaj Klara aperis en la halo de la hotelo. Ili ambaŭ surhavis pantalonojn kaj sportajn bluzojn, evidente ili preparis sin por vera ekskurso.

Adèle, kiu aspektis pli freŝa ol hieraŭ, afable salutis min. Ŝiaj vangoj estis kiel du persikoj, kiuj ĵus komencis maturiĝi. Verda silka tuko, kiel diademo tenis ŝian pezan orhararon, kaj kvazaŭ pli helis kaj pli verdis ŝiaj infanaj okuloj. Adèle feliĉe ridetis kaj oni tuj povis konjekti, ke ŝi senpacience atendis nian ekiron.

Klara silentis. Ironia rideto ludis en la anguloj

de ŝiaj sukplenaj lipoj. Ŝi observis Adèle kiel patrino observas sian petolan idon. Nevole mi komparis la trankvilan rigardon de Klara kun la ludemaj okuloj de Adèle. La profunda trankvila rigardo de Klara aludis pri virino kiu jam travivis la ebriecon de la juneco. Mi ne demandis per kio ni veturos aŭtobuso aŭ per ŝipo, kaj mi surpriziĝis kiam mi vidis, ke Leo malŝlosas la pordon de blukolora aŭto „Volvo". Mi eĉ ne supozis, ke li posedas tian multekostan aŭton.

La rekta larĝa vojo al Arna kondukis preter la maro. Dekstre brilis la ora sablo de la strando, videblis dunoj kaj boskoj, el kiuj gvatis koketaj hoteloj.

La suda panoramo, kiel sur filmbendo, kuris preter ni. La ekstazo de Adèle kreskis, kaj ŝi, sidanta ĉe Leo, senĉese ripetis; „Pli rapide, pli rapide".

Leo rutine premis la gaspedalon, la rapidometro jam montris cent dudek kilometrojn hore kaj ni fulme antaŭiris aŭton post aŭto. Adèle ĝoje kriis;

- Ni estas la blua sago, la blua sago...

Klara silente fumis, sed ŝia rigardo konstante fiksiĝis al la rapidometro. Antaŭ ni videblis multaj aŭtoj kaj evidente Leon obsedis la ambicio, antaŭiri ĉiujn. Kiam la montrilo de la rapidometro trasaltis la ciferon centtridek, Klara ne eltenis.

- Leo, ĉu vi pensas, ke sur tiu ĉi vojo ne deĵoras policanoj?

- Kiam ŝoforas vi, mi ne faras rimarkojn - respondis tedite Leo, sed mi vidis, ke li iom liberigis la gaspedalon.

En tiu ĉi momento fremdlanda limuzino, triumfe preterpasis nin. Adèle malsereniĝis. En la aŭto ekregis silento, sed Leo ne rezignis demonstri al Adèle sian ŝoforan talenton. Foje-foje li denove, ekscite premis la gaspedalon, aŭ kun danĝera rapideco trapasis la vojkurbiĝojn.

Klara plu nenion diris. Evidente ŝia matena bonhumoro forvaporiĝis.

De malproksime ni vidis la lazuran grandan golfon ĉe kiu kuŝis Arna. La blankaj domoj de la urbo viciĝis unu ĉe la alia, kiel eroj de arĝenta koliero. Preskaŭ ĉiuj domoj estis duetaĝaj kun vastaj altanoj, kiuj kvazaŭ pendis super la maro.

- Rimarku, Adèle - diris Leo. - La posedantoj de tiuj domoj estas senescepte grekdevenaj. Bulgaroj ne ŝatas la maron, kaj jam de jarcentojj ili konstruas siajn domojn fore de la bordo.

Klara malaprobe grimacis, sed nenion ŝi diris.

La pejzaĝo ravis Adèle. Ŝi deziris tuj de tie foti la urbon, kaj Leo haltigis la aŭton. Ni staris sur eta monteto, de kie Arna vidiĝis kvazaŭ sur manplato.

Febla vento karesis la maron. Norde de la urbo videblis nigraj rokoj, sur kiuj, simile al mevoj, sidis kalkitaj dometoj. Ĉe la piedoj de la rokoj plaŭdis la ondoj, kaj la domoj kvazaŭ pendis en la aero.

- Belege! – flustris Adèle.

Sur la stretaj kaj oblikvaj stratoj de la urbo, Leo longe serĉis oportunan lokon por parki la aŭton. Ĉie svarmis homoj kaj aŭtoj, kaj mi havis la senton, ke ni subite eniris incititan abelujon. Regis senĉesa bruparolo, viglaj krioj, diverslingvaj konversacioj. Sur la stratoj pigre promenadis fremdlandanoj kies buntaj someraj vestaĵoj, ĉokoladkoloraj vizaĝoj kaj pitoreskaj pajlaj ĉapeloj lacigis la okulojn.

Tra la urba bazaro oni eĉ ne povis trapasi. Ĉi tie la homamaso similis al muro, kaj ni pene trairadis ĝin ĉirkaŭ staploj, budoj, butikoj, surtablaj vendejoj.

Oni vendis freŝan kaj ĵus frititan fiŝon, melonojn, akvomelonojn, mielon, fungojn, olivojn, tomatojn, kukumojn, pomojn... La vendistoj kriis, familiece tiris nin, afable proponis siajn varojn.

Adèle ne sciis kien rigardi. Eble ŝi por la unua fojo vidis orientan bazaron, kaj infana miro grandigis siajn okulojn. Ŝi deziris ĉion vidi, trarigardi, palpi. La spertaj vendistoj tuj rimarkis ŝian fremdlandanan orkoloran vizaĝon, kaj ili insiste persvadis ŝin elekti ion. Komprenante nenion de iliaj vortoj, Adèle respondis per ĉarmaj ridetoj.

La vendistoj ŝovis al ŝiaj manoj fruktojn, legomojn, naciajn vestojn, ornamaĵojn... Ŝiaj maraj okuloj feliĉe brilis, kaj kiam Leo rimarkis, ke ia objekto ege ekplaĉis al ŝi, li tuj eltiradis sian monujon kaj malavare aĉetis la aĵon, kiun Adèle elektis.

Tiu ĉi bunta brua foiro verŝajne ravis ankaŭ Klaran. Ŝi paŝis kiel en sonĝo. Ŝia rigardo saltis de varo al varo, de koloro al koloro, kaj ŝajnis al mi, ke en ŝiaj malhelaj okuloj mi rimarkis infanan ĝojon. En tiu ĉi momento tute malaperis la ironia rideto sur ŝiaj lipoj. Nun ŝia

buŝo estis iome malfermita, kaj mi eĉ sentis la varmeton de ŝia haltigita spiro.
Sed la sinforgeso de Klara daŭris nur minutojn. Adèle vidis belegan nacian bluzon kaj tuj paŝis al ĝi. La vendistino, sesdekjara, forta, ruĝvizaĝa vilaĝanino, afable etendis la bluzon al Adèle.
- Hej, belulino-floro, la bluzo estas nur por vi.
- Kiom ĝi kostas? – demandis Leo.
- Tridek levojn.
Leo elprenis sian monujon, sed Klara subite alrigardis lin kaj parolante pri io alia, ŝi diris bulgare:
- Tro da mono vi disipis hodiaŭ por stultaj donacoj.
Adèle ne komprenis kion diris Klara, sed la vendistino ofendiĝis:
– La bluzo estas bela, manfarita, sinjorino.
– Eble vi forgesis kiom da donacoj vi ricevis de ŝia patro kiam ni gastis ĉe ili - diris Leo ankaŭ bulgare. Lia dekstra lipharo ektremis, kaj malgraŭ ke li nenian nomon menciis, mi bone komprenis, ke temis pri la patro de Adèle.
- Jes, sed vi ne estas posedanto de fabriko aldonis Klara.
- Unu bluzon mi povas aĉeti – kaj Leo enmanigis tridek levojn al la ridanta ruĝvizaĝa

vendistino.

Adèle ekbrilis. Per tremantaj manoj ŝi tiel prenis la donacon, kvazaŭ dum la tuta vivo ŝi revus nur pri tiu ĉi brodita vilaĝana bluzo.

- Dankon, koran dankon – ŝi flustris anhele, kaj kisis Klaran kaj Leon.

Evidente Leo estis ne malpli feliĉa ol ŝi, sed Klara apenaŭ ekridetis.

Mi nevole alrigardis la manojn de Klara. Ŝi portis nenion alian, krom malplena sako. Por ŝi, Leo aĉetis nenion el la bazaro, dume Adèle ricevis kolieron, braceleton, bluzon.

Proksime ĉe la bazara placo situis la urba muzeo kaj ni eniris ĝin.

Klara longe strabis la vitrinojn, kie estis ordigitaj diversaj arkeologiaj trovaĵoj. Ŝi atente legis la klarigajn notojn pri la objektoj kaj provis precize traduki la tekston Esperanten, por ke Adèle pli bone komprenu ne nur la signifon de ĉiu objekto, sed ankaŭ la historiajn cirkonstancojn dum kiuj la objekto estis uzata.

Dank'al la bonega strategia situo, en la antikveco Arna estis floranta malnovgreka urbo, centro de vigla komerco kaj kulturo. En ĝia haveno ankriĝis ŝipoj de foraj landoj, kaj eble ankaŭ tiam, sur la stratoj de la urbo oni povis

aŭdi diverslingvan paroladon.
Koncize Klara komencis rakonti al Adèle la bulgaran historion; pri la alveno de la prabulgaraj triboj sur la Balkanan Duoninsulon, pri la unuiĝo de la slavoj kaj prabulgaroj, pri la fondiĝo de la bulgara ŝtato en 681, pri la daŭraj bataloj kontraŭ Bizanco.
Adèle aŭskultis silente, afable kapjesis, sed evidente la muzeo kaj la bulgara historio ne tre interesis ŝin. Ŝia suna rideto ne povis kaŝi la tediĝon kaj enuon en ŝiaj infanaj okuloj, sed Klara kvazaŭ ne rimarkis tion, kaj pli detale kaj pli elĉerpe ŝi klarigis ĉion.
Mi ne supozis, ke Klara tiel bone parolas Esperanton, kaj ŝi vere rakontis kiel historiisto. Ŝi uzis vortojn, kiujn mi ne konis, kaj eble ankaŭ Adèle la unuan fojon aŭdis ilin, sed ŝi aŭtomate kapjesis, dirante, ke ŝi komprenas ĉion.
Se Klara ne povis rememori la Esperantan signifon de iu vorto, ŝi demandis Leon bulgare, kaj li tuj diris la vorton Esperante. La historia lekcio de Klara komencis enuigi ankaŭ Leon, sed Klara nun parolis Esperante, kaj eble pro tio li ne kuraĝis eĉ per gesto montri sian tediĝon.

Mi atente rigardis Klaran. Ŝi rakontis malrapide, trankvile. Nur febla rozkoloro, aperinta sur ŝiaj molaj vangoj, aludis pri emocio, kiu ofte obsedas nin dum la renkonto kun la atestoj de la pasinteco. Mi ne sciis, kian profesion havis Klara, kaj en tiu ĉi momento mi supozis, ke la historio estas ŝia profesio aŭ hobio.
Klara rigardis nin serioze, sed subite en ŝiaj profundaj migdalaj okuloj mi rimarkis ironiajn flametojn. Tiu ĉi neatendita konstato konsternis min. Klara parolis trankvile, eĉ inspire, sed per sia glata, iome emocia parolado, ŝi kvazaŭ deziris sugesti al Adèle, ke; „Jes, mi bone sentas, ke tiu ĉi provinca historia muzeo tute ne interesas vin, ke vi nur pro afableco eniris kun ni ĉi tien, sed mi detale klarigos al vi ĉion, ĉar ankaŭ nia lando kaj eĉ tiu ĉi silenta mara urbo havis sian longan historion."
Adèle mire rigardis Klaran kaj tute ne povis kompreni kial la muzeo estas tiel grava, kaj kial Klara tiel detale rakontas al ŝi ĉion. Adèle senhelpe staris ĉe Klara kiel lernantino antaŭ severa instruistino, kaj en tiu ĉi momento mi eksentis, ke mi amas tiun marokulan naivan knabinon. Mi amas ŝian infanan vizaĝon, ŝian rideton, eĉ ŝian melodian parolmanieron, kaj

kiel hieraŭ, en la restoracio, mi senvoĉe ripetis; „Adèle, Adèle."

4장 에스페란토

한 시간 뒤 우리는 다시 아르나의 해가 빛나는 거리를 산책했다. 박물관에서 무덤같이 딱딱하게 조용하다가 도시의 시끄러운 소음이 다시 우리를 둘러쌌다. 거의 모든 거리는 바다를 향해 있고 거의 모든 도로는 좁고 굽었다.
우리는 나무로 된 집, 조용한 마당, 가게, 탁자가 바깥 파라솔 아래 놓인 카페 사이로 지나갔다. 우리는 튀긴 생선과 아니자 브랜디의 식욕을 돋우는 향기가 우리 코를 간질이는 작은 술집을 지나쳤다. 우리는 천천히, 마치 이 오래된 해양도시를 감싸는 듯한 나른한 피곤함 속에서 걸었다. 우리는 걸으면서 다음 도로의 구석만 지나면 곧 끝없이 파란 바다를 볼 것처럼 느꼈다. 하지만 도로는 지그재그로 뱀처럼 이어지고 우리는 눈앞에 갑자기 눈부시게 바다가 빛날 때까지 오랫동안 산책했다.
아델레는 기뻐서 소리치고 손가방을 모래 위로 던지고 슬리퍼를 벗고 맨발로 바다로 뛰어갔다. 그녀는 뛰면서 웃고 소리쳤다. 놀라서 나는 그녀를 바라보았다. 나는 절대 그렇게 내 감정을 표현할 수 없었다. 내 감정은 마치 나를 무서워하는 듯했다. 나는 항상 그것들을 숨기려고 했다. 나는 나 스스로에게 그것을 드러내는 것조차 무서웠다. 분명 아델레는 감정을 숨길 수 없었다. 나는 여전히 아무것도 그녀를 모르지만 이미 오래 전부터 그녀를 아는 듯 했다. 그녀의 눈에서, 그녀의 모든 것을, 아주 작은 영혼의 떨림까지도 느끼는 듯했다.
“클라라 아주머니, 레오 아저씨, 에밀, 오세요! 이리. 물이 차 같이 따뜻해요.”
아델레가 기뻐 소리쳤다.
바닷가에서 바닷물에 철퍽철퍽 소리를 냈다.
그녀의 파란 바지 아랫단은 갑자기 모래 위로 쏟아지는 더 큰 파도 때문에 이미 젖었다. 그녀의 즐거운 물 위 걷기를 보고 나는 곧 뛰어가 그녀를 안아 파도 위로 높이 던지고 싶었다. 하지만 내 다리는 닻을 내린 것처럼 무거웠다.
“여보, 왜 물에 들어가려고 안 해요? 그렇게 이 해가 쬐는 기회를 잃어버리지 말아요.”
레오가 말했다. 클라라는 조용히 동의하고 슬리퍼, 바지, 블라우스를 벗기 시작했다. 붉은 수영복이 그녀의 계피색 피부와 조화를 잘 이루었다. 그녀의 날씬한 몸은 건강하고 표범처럼 탄력이 넘쳤다. 클라라의 전체 모습은 베두인 같은 얼굴, 미묘하지만 살짝 매부리코, 우아한 움직임이 어떤 수수께끼의 매력으로 사람을 끌어당겼다. 그러나 아마 가장 매력적인 것은 그녀의 눈이다. 검고 복숭아 형태로 그것이 얼마나 깊은지 쉽게 말할 수 없는 어두운 우물 같다. 여러 번 비꼬는 반짝임이 이 얼굴을 빛나게 했지만 어떤 감정도 드러내지 않았다. 오로지 오늘 아침에 도시 시장에서 그녀의 눈에 잠깐 어린애 같은 기쁨을 보았지만 그것은 금세 그림자같이 사라졌다. 나중에 박물관에서 갑작스러운 감정이 그녀를 사로잡았지만 비꼬는 웃음이 빠르게 그것을 감추었다. 나는 클라라를 알아차리고 다른 사람이 보지 못한 것조차 모든 것을 안다고 느꼈다. 그러나 그녀의 눈은 움직임 없는 물과 같이 모든 것을 안으로 깊이 간직하고 매끄러운 표면에는 아무 것도 남지 않았다. 아델레는 클라라가 옷을 벗는 것을 보고 자기도 옷을 벗었다. 마치 날씬한
청년의 몸을 가진 모르는 여자가 내 앞에 선 듯했었다. 아델레는 모든 것이 조화로웠다. 부드러운 팔, 예쁜 다리, 그렇게 크지 않은 가슴. 아델레는 바람이 어루만지는 밀 이삭 같다.
우리가 있는 모래사장은 도시 한쪽에 위치했다. 그리고 정말 그것 때문에 여기서는 사람들이 아주 적었다. 한 두 시간 우리는 부드러운 모래 위에 앉아서 수다를 떨었다. 아델레는 내가 언제 에스페란토를 배우기 시작했는지 궁금했다.
"그렇게 오래는 아니예요."
나는 살짝 웃으며 대답했다.
"전 아주 진지하게 묻고 있어요."
"나도 아주 진지하게 대답했어요. 나는 우리가 지금 대화할 수 있도록 에스페란토를 얼마 전에 배웠습니다."
아델레는 빨개졌지만 고집이 셌다.
"그럼 언제 배우기 시작했나요?"
"고등학교에서, 2년 전에."
"생각해 봐요. 나도 똑같이 에스페란토를 고등학교 때 배우기 시작했어요. 우리 반 선생님이 우리를 가르치시고 그 때 레오 아저씨는 나의 처음 편지를 나눈 사이가 되었어요."

“그럼 나도 축하 받을만 하네요. 아가씨가 아주 좋은 에스페란티스토가 되었으니까.”

레오가 농담하며 끼어들었다.

“하지만 나 덕분에 클라라 역시 에스페란토를 배웠죠.”

그리고 레오는 클라라와 함께 의학을 공부했을 때, 클라라가 에스페란토 배우기를 그렇게 원하지 않았다고 이야기했다. 한 번은 레오가 그녀의 전공 성과물을 몰래 에스페란토로 번역해서 어느 에스페란토 잡지에 보냈다. 그렇게 오래 되지 않아 전공 성과물을 일본어로 번역해서 그것이 일본의학 잡지에 실렸다. 그리고 클라라는 어느 국제 의학 심포지움에 참석해 달라고 일본에 초대되었다. 그렇게 해서 그녀는 바로 에스페란토를 배워야만 했다. 클라라는 살짝 웃으며 비꼬듯 말했다.

“그래요. 그렇게 해서 나는 에스페란토를 배웠어요. 그러나 나는 당신처럼 그렇게 능숙한 에스페란티스토는 절대 아니에요.”

나는 그녀가 무엇을 암시하는지 잘 이해하지 못했다. 그러나 지금 나는 알아차렸다. 에스페란토는 클라라와 레오뿐만 아니라 레오와 아델레를 연결시켰다.

“파리에 사나요?”

내가 아델레에게 물었다.

“아니요. 베산조예요. 그곳이 내 고향 마을이죠.”

나는 그곳이 프랑스의 어디에 있는지 알지 못 했다.

“그럼 당신은 어디 살아요?”

아델레가 밝은 눈에 호기심을 띠고 나를 쳐다보았다.

“아카치오입니다. 그곳은 작고 알려지지 않은 도시죠.”

내가 난처한 듯 중얼거렸다.

"그러나 아주 화려하죠."

기대하지 않았는데 마치 나를 도와주려는 듯 클라라가 말했다. 우리는 일광욕을 하고 바다에서 수영하고 점심때는 레오가 아주 매력적인 식당이 있다고 말하고 그곳으로 점심 먹으러 가자고 우리를 초대했다.

4

Post unu horo ni denove promenis sur la sunaj stratoj de Arna, kaj post la tombeja frida silento en la muzeo, nin denove ĉirkaŭprenis la urba bruo.

Preskaŭ ĉiuj stratoj kondukis al la maro, kaj preskaŭ ĉiuj stratoj estis kurbaj, mallarĝaj. Ni iris inter lignaj domoj, kvietaj kortoj, butikoj kaj kafejoj, kies tabloj staris ekstere, sub buntaj ombreloj.

Ni preterpasis etajn drinkejojn el kiuj tuŝis nin apetitiga odoro de fritita fiŝo kaj aniza brando. Ni pigre paŝis en ia dolĉa laco, kiu kvazaŭ vualis tiun ĉi malnovan maran urbon.

Ni iris kaj ŝajnis al ni, ke tuj, post la sekva stratangulo, ni vidos la senliman maran bluon, sed la stratoj zigzagis, serpentumis, kaj ni longe promenadis ĝis kiam antaŭ niaj okuloj, subite blindige ekbrilis la maro.

Adèle ĝojkriis, ĵetis sian mansakon sur la sablon, demetis siajn babuŝojn, kaj nudpiede ekkuris al la maro. Ŝi kuris, ridis, kriis.

Mire mi rigardis ŝin. Mi neniam povis tiel esprimi mian emocion. Miaj sentoj kvazaŭ timis

min. Mi provis ĉiam kaŝi ilin, kaj mi timiĝis eĉ al mi mem konfesi ilin.
Certe Adèle ne povis kaŝi siajn sentojn. Mi ankoraŭ nenion sciis pri ŝi, sed ŝajnis, kvazaŭ mi jam delonge konus ŝin, kaj en ŝiaj okuloj mi kvazaŭ perceptus ĉiun ŝian, eĉ plej etan, animtremon.
- Klara, Leo, Emil, venu, venu, la akvo estas varma kiel teo – ĝojkriis Adèle, padelis en la maro, ĉe la bordo, kaj la krumoj de ŝia blua pantalono jam estis malsekaj pro pli grandaj ondoj, kiuj subite ĵetverŝiĝis sur la sablon.
De ŝia gaja vado mi ekdeziris tuj alkuri, ĉirkaŭpreni kaj alten levi ŝin super la ondoj. Tamen miaj kruroj pezis kiel ankroj.
- Klara, kial ni ne provu la akvon? Tiel ni ne perdos tiun ĉi sunan tagon - proponis Leo.
Klara konsentis silente kaj komencis demeti la babuŝojn, pantalonon, bluzon.

La ruĝa bankostumo bone kontrastis al ŝia cinamkolora haŭto. Ŝia harmonia korpo estis forta kaj elasta kiel korpo de pantero. La tuta figuro de Klara; ŝia beduena vizaĝo, la delikata, sed iome agla nazo, la graciaj movoj eligis ian enigman ĉarmon kaj allogon, sed eble plej allogis ŝiaj okuloj; nigraj, migdalformaj, ili similis al du malhelaj putoj pri kiuj oni malfacile povis diri kiom profundaj ili estas. Foje-foje ironiaj briloj łumigis tiujn ĉi okulojn, sed nenian senton ili malkaŝis. Nur hodiaŭ matene, en la urba bazaro, en ŝiaj okuloj mi vidis por momento infanan ĝojon, kiu tuj malaperis simile al ombro. Poste en la muzeo subita emocio obsedis Klaran, sed ŝia ironia rideto rapide kaŝis ĝin. Mi sentis, ke Klara rimarkas kaj perceptas ĉion, eĉ tion, kion la aliaj ne vidas, sed ŝiaj okuloj, simile al senmova akvo, ĉion enprofundigas, kaj nenia signo restas sur la glata surfaco.

Kiam Adèle vidis, ke Klara malvestigis, ankaŭ ŝi demetis siajn vestojn, kaj kvazaŭ nekonata knabino kun svelta adoleska korpo ekstaris antaŭ mi. Ĉio en Adèle estis harmonia; teneraj brakoj, belaj kruroj, ne tre grandaj mamoj. Mem Adèle similis al tritika spiko karesita de la vento.

La strando, sur kiu ni estis, situis flanke de la urbo, kaj verŝajne pro tio, malmultaj homoj videblis ĉi tie. Horon aŭ du ni sidis sur la mola sablo kaj babilis.

Adèle scivolis, kiam mi eklernis Esperanton.
- Antaŭnelonge - mi respondis ridete.
Sed mi demandas vin serioze.
- Mi respondis tre serioze. Mi eklernis Esperanton antaŭnelonge, por ke ni povu nun konversacii.
Adèle ruĝiĝis, sed obstinis:
- Tamen kiam vi komencis lerni?
– En la gimnazio, antaŭ du jaroj.
- Imagu, same mi komencis lerni Esperanton en la gimnazio Nia klasgvidanto instruis nin, kaj tiam Leo iĝis mia unua leterkorespondanto.
- Do, ankaŭ mi meritas gratulojn, ke vi fariĝis bonega esperantistino, - intermetis Leo ŝerce – sed dank'al mi ankaŭ Klara eklernis Esperanton.
Kaj Leo rakontis, ke, kiam li kaj Klara kune studis medicinon, Klara ne tre deziris lerni Esperanton, sed foje Leo kaŝe tradukis en Esperanton ian ŝian faklaboraĵon, kaj li sendis ĝin al iu Esperanto-revuo. Ne postlonge tiun faklaboraĵon oni tradukis japanen, ĝi aperis en japana medicina revuo, kaj Klara estis invitita en Japanion por partopreni en iu internacia medicina simpozio. Tiel ŝi devis tuj eklerni Esperanton.
Klara ekridetis kaj ironie rimarkis;

- Jes, tiel mi eklernis Esperanton, sed mi neniam iĝos tiel bonega esperantisto kiel vi.

Mi ne tre bone komprenis pri kio ĝi aludas, sed nun mi eksciis, ke Esperanto ligis ne nur Klaran kaj Leon, sed Leon kaj Adèle.

- Ĉu vi loĝas en Parizo? – demandis mi Adèle.

- Ne, en Besancon, ĝi estas mia naska urbo.

- Mi eĉ ne sciis, en kiu parto de Francio ĝi troviĝas.

- Kaj vi, kie vi loĝas? - La helaj okuloj de Adèle alrigardis min scivole.

- En Akacio. Ĝi estas eta, nekonata urbo - mi murmuris ĝenite.

- Tamen ege pitoreska – neatendite diris Klara, kvazaŭ por helpi min.

Ni sunbaniĝis, naĝis en la maro, kaj je la tagmezo Leo diris, ke en Arna estas tre alloga restoracio, kien li invitas nin tagmanĝi.

5장 곰의 동굴에서

도심에서 가까이에 있는 식당은 넓고 어두컴컴한 지하실이었다. 천천히 우리는 이 시원한 곳으로 내려 갔고 거기 큰 나무 탁자 위에는 희미한 촛불이 너울댔다. 우리 그림자는 거대한 괴물같이 시원한 돌 벽위에서 어슬렁거리고 뛰어다녔다.

"이 식당 이름은 곰의 동굴이야."

레오가 작게 속삭였다. 하지만 메아리가 금세 그의 목소리를 크게 반복했다.

"아주 맛있는 포도주를 여기서 제공해. 우린 신혼여행 중 먹었지."

잠깐 레오가 클라라를 보았다. 아마 그는 이 구석에 서서 바이올린을 연주한 유령과 같은 집시를 기억한다.

"그래요, 3년 전에. 아마 그는 이미 이곳에서 연주하지 않겠지요."

나는 이유를 알지 못하지만 레오도 클라라도 속삭이듯 말했다. 아마 지하실에서 강한 울림 때문에, 정말 그들을 장악한 갑삭스런 기억때문에 아니면 아마 그들 목소리가 곰의 동굴에서 발견하는 어떤 곰을 깨우지 않으려고 그들이 신경을 쓴다.

아델레는 놀라서 신기한 지하실을 둘러봤다. 그녀는 정말 놀랐다. 그리고 그것이 레오를 우쭐하게 만들었다. 아침에 나는 레오가 아델레를 놀라게, 만족하게 아니면 행복하게 하려고 가능한 모든 것을 한다고 알았다. 그리고 정말 오로지 그녀 때문에 그는 우리를 이곳에 안내했다. 우리는 커다란 탁자 둘레에 앉고 곧 땅에서 나온 듯 종업원의 조용한 목소리가 들린다.

“안녕하세요, 손님 여러분. 무엇을 원하시나요?”

“센 곰포도주 4잔이요.” 레오가 말했다.

“그 포도주를 곰은 여전히 여기 배달해 주지 않습니다.”

그에게 유머 감각이 부족하지 않다고 그렇게 암시하면서 종업원이 살짝 웃었다.

“그럼 오래된 적포도주 4잔이요.”

“저는 가을의 속삭임을 추천합니다. 아주 맛있어요.”

“뒤끝이 좋은 포도주죠.”

레오가 끼어 들었다.

“그러나 우리는 그것을 잔이 아니라 병으로 제공합니다.”

종업원이 말했다. 마치 레오의 언급을 듣지 않은 것처럼.

“2병입니다.”

“손님 여러분, 점심식사도 원하시나요?”

“오로지 술 마시는 것이 항상 가능하지는 않습니다. 점심으로 무엇을 추천하시나요?”

꽤 다정하게 레오가 물었다.

“우리 식당의 특식은 따뜻한 바게트빵과 함께 구운 소시지입니다.”

“아, 곰의 동굴에서 사냥꾼을 위한 점심이군요. 구운 소시지와 향료가 있는 바게트빵.”

"예, 손님 여러분."
종업원이 말하고 금세 사라졌다. 마치 땅이 다시 그를 삼킨 것처럼. 얼마 지나지 않아 우아한 동작으로 탁자 위에 4개의 잔과 2병을 갖다 놓았다. 어둠 속에서 종업원의 얼굴을 볼 수 없지만 목소리를 보아 젊다고 짐작했다.
"잔을 채우세요. 우리 건배해요."
레오가 말을 꺼내고 포도주를 4잔에 따랐다. 우리는 잔을 들고 잔을 부딪쳤는데 클라라의 목소리가 우리를 멈춰 세웠다.
"여보, 아마 당신은 우리가 차로 도착한 것을 잊었네요."
"클라라, 나는 사막처럼 목이 말라요. 게다가 나는 취해서 더 능숙하게 운전해요."
"당신은 더 능숙하게 충돌한다고 내게 말하고 싶지요."
클라라가 그에게 수정해 주었다.
"당신은 운전면허증도 갖고 오지 않았죠?"
레오가 물었다. 마치 그가 클라라의 지적을 듣지 않은 듯이.
"당신은 내가 당신을 잘 모른다고 생각하지요."
"클라라, 당신은 놀랄 만해요. 당신의 건강을 위해, 동지들이여."
그리고 레오는 자기 잔을 높이 들었다. 아델레와 나 역시 잔을 들었다. 오직 클라라의 잠만 탁자에 덩그러니 남았다. 클라라는 아무 말도 하지 않았다. 아마 그녀는 레오의 습관을 정말 잘 알았다. 아니면 아마 그녀는 전혀 술을 마시지 않는 듯했다. 오직 나는 왜 레오가 번번히 클라라를 자극하려고 하는지 이해하지 못했다. 마치 그가 그녀의 마음에 들지 않은 바로 그것을 하려는 것처럼. 그리고 그는 마치 의도적으로 그녀가 흥분하도록 하려는 것처럼. 아마 그래서 그는 오늘 아침에 차를 규정 속도보다 더 빨리 운전했다. 아니면 아마 그래서 그는 아델레를 위해 비싼 블라우스를 샀다. 나는 클라라의 예민한 눈치도 레오에게 그렇게 유쾌하지 않은 모습 보여 것도 느꼈다. 포도주는 진하고 탁하고 우리를 갑작스럽게 부는 남풍처럼 뜨겁게 했다. 커다란 파도가 마치 나를 이리저리 흔드는 듯했다. 내 눈빛이 베일에 싸여 여러 색깔의 놀라운 세계로 들어갔다. 아델레의 눈은 조용하고 하늘빛인데, 그런 낯설고 매력적인 세계를 반사해서 오래도록 이런 눈동자를 보지 못하면 내 삶은 가을 날 시든 벌판이 될 것처럼 깊고 고통스럽게 느꼈다.

곧 아델레의 손을 잡아 이 숨 막히는 동굴에서, 오직 희미한 촛불과 술 취한 견유 학자의 시선만이 빛을 내는 이 깊은 무덤에서 그녀를 끌어내고 싶은 피할 수 없는 욕심이 나를 장악했다. 지하실의 차가움과 담배연기가 아델레의 천진무구한 하늘빛 눈동자를 얼음으로 어둡게 하는 것이 나는 두려웠다.

갑자기 부드러운 음률이 나를 흔들었다. 바이올린 소리가 지하실 돌 사이에서 흘러 나왔다.

"집시다."

레오가 속삭였다. 돌이 된 것처럼 그는 집시가 서 있는 구석을 곁눈질했다. 나 역시 거기를 쳐다보았지만 모든 것이 어둠 속에 숨겨 있었다. 구석에 정말 누가 있는가, 아니면 기적의 힘이 바이올린 소리를 내고 있는가. 가락이 다정한

말소리처럼 흐른다. 아니면 여름날 피곤한 파도처럼.
그러나 갑작스러운 소리나 간절함이 이런 조화를 부수었다. 가락은 긴장되었다. 마치 더 강해지고 더 강해지고 북풍이 불어오듯이. 올빼미 울음소리로, 삐걱거리는 갈매기 울음소리로 변하고 성난 파도가 회오리처럼 울부짖었다. 바다의 모든 소음이 어두운 지하실에 흘러 나왔다. 마치 먼 바닷가에서 여자의 한숨소리가, 아니면 아이의 울음소리가 날아든 것처럼. 폭풍우다. 진짜 바다의 폭풍우! 나는 이 악마 같은 연주가 얼마나 오래 지속되었는지 모른다. 하지만 어떻게 알 수 없게 천천히 마치 바닷바람의 회오리와 울부짖음이 잠잠해 지듯이 가락은 흘러가고, 조용한 파도의 철썩임처럼 부드럽게 되고, 그리움과 같이 마지막 조화가 멀리 소리를 냈다.
"스승이여, 이리 오세요."
레오가 속삭였다. 하지만 그 목소리는 마치 지하실에서 천둥치듯 했다. 어두운 걸음 소리가 나고 우리 탁자의 초에서 너울거리는 빛이 노란 얼굴의 늙은이를 비쳤다.
"스승이여, 이쪽으로 오세요."
레오가 두 레보를 집시에게 내밀었다.
"감사해요, 친절한 신사분! 나는 돈을 받지 않습니다."
집시의 목소리는 쉬었고, 작고 정말 너무 담배를 피우는 사람의 목소리였다.
"무엇을 마시겠어요? 스승이여."
레오가 재촉했다.
"오직 적포도주만."
겸손하게 집시가 말했다.

"그래요, 스승이여. 한 잔 주세요."
레오가 종업원을 불렀다.
"스승이여, 여기 앉으세요."
그리고 그는 집시에게 의자를 가리켰다. 그것이 클라라 마음에 들지 않았다. 그녀는 비꼬듯 에스페란토로 끼어 들었다.
"레오, 다시 어린애처럼 굴지 마세요."
그러나 레오는 마치 그 목소리 듣지 않은 것처럼 집시에게 몸을 돌렸다.
"스승이여, 여기서 자주 연주하는지 말해보세요."
"아닙니다, 친절하신 신사분. 간혹 어쩌다. 내 아들이 여기 종업원이에요. 정말 알다시피 거리에서 연주할 수 없어요. 내가 구걸한다고 남들이 생각해요. 그래서 나는 여기 왔어요. 항상 많은 사람이 술집에 있거든요. 아마 내 바이올린 연주가 누군가에게 기쁨을 줘요."
집시는 불가리아어로 잘 말했다.
목을 더 굴려서 k 음을 내서 자음을 더 크게 발음했다. 그러나 여기 사는 많은 노인이 그렇게 말했다. 집시는 키가 크고 빼빼하고 깨끗한 흰 와이셔츠에 유행에 처진 긴 정장을 입고, 그 눈동자는 지친 듯 바라보았다. 정말 그는 깊고 거칠게 기침했다. 긴 손가락은 떨면서 잔을 쥐었다. 아마 감정에 젖은 듯하고 그것을 숨길 수 없거나 아마 그에게 모르는 언어로 말하는 두 명의 우아한 여성들 사이에서 불안함을 느낀 듯했다. 레오는 그에게 평생 연주를 해서 생계를 했냐고 물었다.
"아니요. 친절한 신사분. 나는 어부였어요. 그러나 항상 내게는 바이올린이 있었지요."
집시는 잠잠했다. 마치 여전히 뭔가를 말하고 싶은 듯.
그렇지만 그는 살짝 웃기만 하고 빠르게 덧붙였다.
"포도주에 감사해요, 친절한 신사분. 안녕히 계세요. 여성분들, 안녕히. 선생님들."
집시는 일어섰다. 그는 정말 매우 키가 크지만 등이 굽었다.
"선생님의 건강을 위하여. 스승이여."
레오가 말했다.
"선생님을 결코 잊을 수 없을 겁니다. 이름이 어떻게 되나요?"
"알레오, 알레오입니다. 친절한 신사분. 하나님의 축복이 있기를. 친절한 여성분에게도 역시."
집시는 살짝 웃었다. 그리고 나는 마치 다시 그의 가락의 부드러운 시작을 듣는 듯했다.
"어이, 소년이여. 이리 오세요."
레오가 종업원을 다시 불렀다.
"스승을 위해 적포도주 2병 값을 내 계산서에 포함시켜 주세요."
"아닙니다, 친절한 신사분. 그리 마세요. 너무 관대하세요, 손님은."
집시가 반대했다.
"스승이여, 선생에게 그런 재주를 주셨으니 하나님은 관대하세요."
레오가 말했다.
"여보, 감상적이 되지 마세요."

화가 난 클라라가 입을 딱딱거렸다.

"3년 전에는, 연주가 역시 당신 마음에 들었지요, 그렇죠?"

레오가 조금 당돌하게 알아차렸다. 클라라는 아무 대답도 하지 않았다.

나는 나도 모르게 3년 전 여름에 그들이 여기 신혼여행 중일 때 레오와 클라라는 어떤 모습이었을까 궁금했다. 그때 행복한 그들은 아르나의 사람 많은 도로에서 입맞춤하고 서로 껴안았을까?

나는 아델레에게 집시의 연주를 들었을 때 무엇을 생각했냐고 묻고 싶었다. 그러나 지금 아델레는 조용히 레오를 보았다. 레오는 흥분한 것처럼 보였다. 아마 그는 아직 집시를 생각하거나 아니면 아마 클라라의 알아차림이 그를 벌써 짜증나게 한 듯했다. 집시가 간 뒤에 나는 이상한 느낌이 들었다. 집시가 우리에게서 무언가를 가져갔다.

나는 내가 빈 듯 느꼈다. 여기 더 앉아 있는 것이 내게 목적이 없게 느껴졌다. 나는 곧 떠나 인적없는 바닷가 위로 혼자 오래도록 거닐고 싶었다. 내 귀에는 마지막 바이올린의 조화로운 소리가 났다. 내 눈앞에 마치 아직 키 크고 빼빼한 집시가 서 있는 듯했다. 뭔가 고귀한 빛이 그의 온몸에서 빛났다. 그는 마치 무언가 나나 다른 사람이 절대 갖지 않은 것을 가진 듯했다.

"돈이 무엇을 의미하죠, 클라라?"

레오가 작게 말을 꺼냈다. 마치 그가 갑자기 어떤 오래된 대화를 시작하려는 듯.

"내가 어떤 재능을 가지고 있다면 나는 돈, 부사장의 직위를 그만둘 거야. 그리고 걱정 없이 살 거야. 사람이 프랑스인이든 불가리아인이든 집시든 중요하지 않아요. 그가 사람에게 기쁨을 줄 수 있는가가 중요해요."

"그래요, 레오. 그것을 아주 잘 말했어요. 그런데 나는 당신이 왜 그렇게 귀족역할 하는 것을 좋아하는지 이해가 안 돼요. 마치 항상 당신은 당신이 세계적으로 유명한 교수의 아들이고 당신은 병원의 부사장니고 당신은 많은 돈을 가지고 있고 당신은 자신에게 모든 것을 허락할 수 있다고 보여 주려고 해요."

"아니오, 사랑하는 글라라. 나는 그런 역할을 하지 않아요. 나는 정말 귀족이요. 내 아버지가 세계적으로 유명한 교수가 아니라면 나는 부사장이 아닐 테고 당신도 역시 의학연구소의 과학협력자가 아닐 것이요."

레오가 이 말을 농담으로 했다. 그러나 아마 클라라는 그것을 진지하게 받아들였다. 조금 급작스럽게 그녀가 말하는 것을 보니.

"물론 나는 어떤 지식, 어떤 능력을 가지고 있지 않고 오로지 당신과 당신 아버지 덕택에 존재해요."

"클라라, 다시 그것을 시작하지 말아요. 즐기고 웃어요. 정말 인생은 끝없이 아름다운 멜로디예요."

레오는 빙긋 웃고 손을 클라라의 머릿결을 쓰다듬으려고 뻗었지만 그녀는 조금 한 쪽으로 몸을 돌렸다. 하마 집시가 아니라 뭔가 다른 것이 그들의 급작스런 갈등의 진짜 이유였다.

5

La restoracio, kiu situis proksime de la urba centro, estis vasta kaj obskura kelo.
Malrapide ni descendis en tiun friskan ejon, kie sur masivaj lignaj tabloj flagris feblaj flamoj de kandeloj. Niaj ombroj, similaj al grandegaj monstroj, ekrampis kaj eksaltis sur la malvarmajn ŝtonajn murojn.
- Tiu ĉi restoracio nomiĝas „Ursa Groto" – ekflustris Leo, sed la eĥo tuj ripetis laŭte liajn vortojn. - Bonegan ruĝan vinon oni servas ĉi tie. Ni gustumis ĝin dum nia nupta vojaĝo – por momento Leo alrigardis Klaran. Eble vi memoras la ciganon, kiu simile al fantomo, staris en tiu ĉi angulo kaj violonludis.
- Jes, antaŭ tri jaroj... Eble li delonge jam ne ludas ĉi tie. Mi ne scias kial, sed ankaŭ Leo kaj ankaŭ Klara parolis flustre, eble pro la forta eĥo en la kelo, eble pro la subitaj rememoroj, kiuj verŝajne obsedis ilin, aŭ eble ili atentis, ke iliaj voĉoj ne veku iun „urson", ja ni troviĝis en la ,,Ursa Groto".
Adèle rigardis mire la misteran kelon. Ŝi estis vere surprizita, kaj tio flatis Leon. Ankoraŭ

matene mi rimarkis, ke Leo faras ĉion eblan por surprizi, kontentigi: aŭ ĝojigi Adèle, kaj verŝajne nur pro ŝi li invitis nin ĉi tien.

Ni eksidis ĉirkaŭ larĝa tablo, kaj tuj, kvazaŭ el la tero, aŭdiĝis la obtuza voĉo de kelnero.

- Bonan tagon, gesinjoroj. Kion vi deziras?

- Kvar bokalojn da forta ursa vino - diris Leo.

- Tian vinon la ursoj ankoraŭ ne liveris ĉi tien - ekridetis la kelnero, aludante tiel ke ankaŭ al li ne mankas humura sento.

– Tiam kvar bokalojn da olda ruĝa vino.

- Mi rekomendas al vi „Aŭtunan Susuron", ĝi estas ege bona...

- Bona vino al la fino - intermetis Leo.

- Tamen ni servas ĝin ne en bokaloj, sed en boteloj - diris la kelnero, kvazaŭ li ne aŭdus la rimarkon de Leo.

- Estu du boteloj.

- Gesinjoroj, ĉu vi bonvolus ankaŭ tagmanĝi?

- Ne ĉiam eblas nur drinki. Kion vi proponas por tagmanĝo? - jam amikece demandis Leo.

- La specialaĵo de nia restoracio estas rostita kolbaso kun varma platpano.

- Ho, tagmanĝo por ĉasistoj en ursa groto! Estu rostita kolbaso kaj platpano kun satureo.

- Jes, gesinjoroj - diris la kelnero kaj tuj

malaperis, kvazaŭ la tero denove englutus lin. Postnelonge, mano, per eleganta gesto, metis sur la tablon kvar glasojn kaj du botelojn. En la obskuro mi ne povis vidi la vizaĝon de la kelnero, sed laŭ lia voĉo mi konjektis, ke li estas juna.

- Plenigu la glasojn, kaj tostu kun ni! – ekridis Leo kaj verŝis vinon en la kvar glasojn.

Ni levis la glasojn, aŭdiĝis tinto, sed la voĉo de Klara haltigis nin.

– Leo, eble vi forgesis, ke ni alvenis per aŭto.

- Klara, mi soifas kiel Saharo, krome ebria mi pli lerte ŝoforas.

- Vi deziras diri; ‚mi pli lerte karambolas" korektis lin Klara.

- Ĉu vi ne kunportis vian ŝoforan legitimilon? - demandis Leo, kvazaŭ li ne aŭdus la rimarkon de Klara.

- Ĉu vi opinias ke mi malbone konas vin?

- Klara, vi estas mirinda. Je via sano, samideanoj! – kaj Leo levis alten sian glason.

Ankaŭ Adèle kaj mi levis la glasojn, nur la glaso de Klara restis sur la tablo.

Klara nenion diris. Eble ŝi vere bone konis la kutimojn de Leo, aŭ eble ŝi tute ne trinkis alkoholaĵojn. Nur mi ne komprenis kial Leo

foje-foje provis inciti Klaran. Kvazaŭ li farus ĝuste tion, kio ne plaĉis al ŝi, kaj li kvazaŭ intence provokus ŝin. Eble tial li gvidis ĉimatene la aŭton pli rapide ol la permesita rapideco, aŭ eble tial li aĉetis por Adèle la multekostan bluzon. Sed mi sentis, ke ankaŭ la delikataj rimarkoj de Klara ne estas tre agrablaj por Leo.
La vino, densa kaj malhela, varmigis min kiel subita suda vento. Granda ondo kvazaŭ eklulis min. Mia rigardo vualiĝis kaj mi enpaŝis multkoloran kaj mirindan mondon.
La okuloj de Adèle, serenaj kaj lazuraj, respegulis tiun nekonatan kaj allogan mondon, kaj dolore, kaj profunde mi eksentis, ke, se longe mi ne vidus tiujn ĉi okulojn, mia vivo iĝus kiel velkinta kamparo dum aŭtuno.
Obsedis min neevitebla deziro tuj kapti la manon de Adèle, kaj eltiri ŝin el tiu ĉi sufoka groto, el tiu ĉi profunda tombo, kie lumas nur kandelaj feblaj flamoj, kaj ebriaj cinikaj rigardoj. Mi ektimis, ke la kela frido kaj la cigareda fumo povus glaciigi kaj grizigi la senkulpajn lazurajn okulojn de Adèle. MAN
Subite softa melodio skuis min. Violonaj sonoj ekfluis inter la ŝtonaj muroj de la kelo.

- La cigano – ekflustris Leo, kaj kiel ŝtonigita li strabis la angulon, kie staris la cigano.
Ankaŭ mi rigardis tien, sed ĉio dronis en obskuro. Ĉu en la angulo vere estis iu, aŭ mirakla forto aperigis violonajn sonojn?
La melodio fluis kiel amika parolado, aŭ kiel lacaj ondoj dum somera tago, sed subita sono aŭ sopiro rompis tiun harmonion. La melodio iĝis streĉa, kvazaŭ eksiblis norda vento, kiu plifortiĝis, plifortiĝis, aliformiĝis en ululo en knaraj laraj krioj. Ekĝemis furiozaj ondoj... Hurlo, muĝo... Ĉiuj bruo, de la maro ekfluis en la obskuran kelon. Kvazaŭ de fora bordo alflugus ina veo, aŭ infana ploro. Ŝtormo! Vera mara ŝtormo!
Mi ne scias kiel longe daŭris la diabla ludo, sed iel nesenteble, malrapide, kvazaŭ silentiĝis la hurlado kaj muĝado de la vento. La melodio iĝis flua kaj tenera kiel plaŭdo de kvietaj ondoj, kaj simile al sopiro forsonis la lasta akordo.
- Majstro, venu ĉi tien - ekflustris Leo, sed lia voĉo kvazaŭ ektondris en la kelo.
Aŭdiĝis obtuzaj paŝoj, kaj la flagranta flameto de nia kandelo lumigis flavan maljunan vizaĝon.
- Majstro, bonvolu - etendis Leo du levojn al la cigano.

- Danhon, hara sinjoro. Mi ne ahceptas monon. La voĉo de la cigano estis raŭka, mallaŭta, voĉo de homo, kiu verŝajne tro fumas.

- Kion vi drinkos, majstro? — insistis Leo.

- Nur glason da ruĝa vino – modeste diris la cigano.

- He, knabo, donu unu glason - vokis Leo la kelneron.

- Majstro, bonvolu sidi ĉi tie - kaj li montris seĝon al la cigano.

Tio ne plaĉis al Klara kaj ŝi ironie intermetis Esperante:

- Leo, ne iĝu denove infano.

Sed Leo kvazaŭ ne aŭdus ŝin, kaj li turnis sin al la cigano.

- Diru, majstro, ĉu ofte vi ludas ĉi tie?

- Ho, ne hara sinjoro, nur foje, foje. Mia filo ehstas helnero ĉi tie. Ja, vi scias, ludi sur la stratoj mi ne povas, iu pensus, he mi almozumas. Tial mi venas ĉi tien. Ĉiam multaj homoj ehstas en la drinkejo, haj eble mia violonludo donus al iu plezuron.

La cigano bone parolis bulgare, sed pli gorĝe prononcis la sonon „k" kaj pli larĝe la vokalojn. Tamen tiel parolis ĉiuj maljunuloj, loĝantaj ĉi tie.

La cigano estis alta, magra, vestita en malmoda nigra kostumo, kun pura blanka ĉemizo. Liaj okuloj rigardis lace. Verŝajne li estis pli ol sesdekjara, jam ne tre sana, ĉar de tempo al tempo li tusis profunde kaj raŭke. Liaj longaj fingroj nerve premis la glason. Eble li estis emociita kaj ne povis kaŝi tion, aŭ eble li sentis sin maltrankvila inter la du elegantaj junulinoj, kiuj parolis nekonatan por li lingvon.

Leo demandis lin, ĉu dum la tuta vivo li vivtenas sin per ludado.

- Ne, hara sinjoro. Fiŝhaptisto mi ehstis, tamen ĉiam hun mi ehstis anhaŭ la violono... - la cigano eksilentis, kvazaŭ deziris diri ankoraŭ ion, sed li nur ekridetis kaj rapide aldonis; - Danhon pro la vino, hara sinjoro. Ĝis revido, sinjorinoj, ĝis revido, sinjoroj.

La cigano ekstaris. Li vere estis tre alta, sed kurbiĝinta

- Je via sano, majstro - diris Leo. - Mi neniam forgesos vin. Kio estas via nomo?

- Aleho, Aleho, hara sinjoro. Dio rehompencu vin, haj anhaŭ vin, haraj gesinjorinoj - la cigano ekridetis, kaj mi kvazaŭ denove aŭdis la teneran komencon de lia melodio.

- He, knabo, venu ĉi tien - revokis Leo la

kelneron. – Bonvolu enskribi en mian konton du botelojn de ruĝa vino por la majstro.
- Ne, hara sihjoro. Ne faru tion. Tro malavara vi ehstas - protestis la cigano.
- Majstro, Dio estis malavara, ke li donis al vi tian talenton - diris Leo.
- Leo, ne iĝu sentimentala – grimacis malkontente Klara.
- Antaŭ tri jaroj ankaŭ al vi plaĉis la ludado, ĉu ne? - rimarkis Leo iom bruske.
Klara nenion respondis.
Mi nevole demandis min, kiel aspektis Klara kaj Leo dum la somero, antaŭ tri jaroj, kiam ili estis ĉi tie dum sia nupta vojaĝo. Ĉu tiam, feliĉaj, ili kisis kaj brakumis unu la alian sur la homplenaj stratoj de Arna?
Mi volis demandi Adèle, pri kio ŝi pensis, kiam ŝi aŭskultis la ludadon de la cigano, sed nun Adèle silente rigardis Leon. Leo aspektis malserena. Eble li ankoraŭ pensis pri la cigano, aŭ eble la rimarkoj de Klara jam tedis lin.
Post la foriro de la cigano mi havis la strangan senton, ke la cigano forportis iom el ni. Mi sentis min malplena. La plua sidado ĉi tie ŝajnis al mi sencela. Mi volis tuj foriri kaj longe sola promeni sur la senhoma mara bordo. En miaj

oreloj ankoraŭ sonis la lastaj violonaj akordoj. Antaŭ miaj okuloj kvazaŭ ankoraŭ staris la alta magra cigano. Io nobla radiis el lia tuta figuro. Li kvazaŭ havis ion, kion mi aŭ la aliaj neniam posedus.

- Kion signifas la mono, Klara? - ekparolis mallaŭte Leo, kvazaŭ li subite rekomencus ian malnovan konversacion. - Se mi havus ian talenton, mi rezignus pri la mono, pri la vicdirektora posteno, kaj mi vivus senzorge. Ne gravas ĉu oni estas franco, bulgaro, cigano, gravas: ĉu li povas doni ĝojon al la homoj?

- Jes, Leo, bonege vi diris tion, sed mi nur ne komprenas, kial vi tiel ŝatas ludi la rolon de aristokrato. Kvazaŭ ĉiam vi volus montri, ke vi estas filo de mondfama profesoro, ke vi mem estas vicdirektoro de malsanulejo, ke vi havas multan monon kaj vi povas permesi al vi mem ĉion.

- Ne, kara Klara, mi ne ludas rolon, mi vere estas aristokrato, kaj se mia patro ne estus mondfama profesoro, mi ne estus vicdirektoro, kaj ankaŭ vi ne estus scienca kunlaborantino en la Medicina Akademio. - Leo diris tiujn vortojn ŝerce, sed eble Klara serioze akceptis ilin, ĉar iom abrupte ŝi diris, ke kompreneble ŝi posedas neniajn konojn, neniajn kapablojn, kaj ŝi ekzistas nur dank'al Leo kaj lia patro.

- Klara, ne komencu denove pri tio, ĝoju kaj ridu ja la vivo estas senfina bela melodio. - Leo ekridetis kaj etendis la manon por karesi la hararon de Klara, sed ŝi iomete deflankiĝis de li.

Eble ne la cigano, sed io alia estis la vera kaŭzo pri ilia subita disputo.

6장 꿈 속에서

4시에 우리는 곰의 동굴을 떠났다.
7월의 해는 벌써 부드럽게 빛났다. 희미한 바람이 바다의 소금 냄새를 실어다 줬다. 도로에는 밤나무의 부드러운 그늘에서 사람들이 천천히 산책했다.
우리는 피곤해서 도시의 소음에서 더 빨리 멀리 떠나고 싶어서, 여기서 그 무엇도, 구운 생선의 식욕을 불러일으키는 냄새도, 여러가지 시장도, 거칠고 지그재그로 된 도로도 우리를 이제 잡지 못했다. 클라라가 천천히 차를 운전했다. 그녀 옆에는 레오가 앉고 그들 뒤에 나와 아델레가 앉았다. 우리 모두 조용했다. 아델레는 창을 통해 밖을 쳐다보았다. 나는 피곤했지만 아델레가 내게 살짝 웃어준다면 아니면 나와 수다를 떨기 시작한다면 내 피곤은 금세 멀리 수포가 되어 날아갈 것만 같이 느꼈다. 우리가 가만히 옆에 앉아서 조용한다면 전혀 수다 떨 필요도 없고 있는 것만으로 더 좋을 텐데. 아델레는 스스로 내 옆에 앉고 싶어 했다. 레오가 그녀에게 클라라 옆에 앉으라고 권유했을 때 아델레는 뒤에 가서 앉았다. 지금 아델레는 그렇게 가까이 내 곁에 앉아서 그녀 머릿결의 라이락 향기가 내게 달콤함을 불러일으켰다. 나는 그녀를 바라볼 유혹을 물리칠 수 없었다. 마치 실력있는 조각가가 그녀의 미묘한 몸 전체를 조심스럽게 조각한 것처럼 그녀의 입술은 이슬을 머금은 체리처럼 매력적이었다. 갑자기 나는 누가 나를 살피고 있는 것을 느꼈다. 나는 시선을 재빨리 돌렸다. 레오였다. 그의 등 뒤에 우리가 앉아있지만, 레오는 실내 거울을 통해 주의깊게 나를 살폈다. 나도 모르게 내 얼굴이 붉어졌다. 아마 레오는 나의 순진한 쳐다봄을 알아챌 뿐만 아니라 잘 이해했다. 차는 소리 없이 미끄러져 갔다. 숙소는 벌써 가까워졌다. 바닷가에 첫 번째 호텔들이 있는 푸른 숲이 보였다. 때로 황금의 모레 줄무늬가 나타났다. 모래사장은 인적 없이 넓게 펼쳐 있다. 여러 가지 파라솔의 끝없는 행렬이 슬픔과 불안함을 나타냈다. 얼마 지나지 않아 클라라가 차를 호텔 브리조 앞에 세웠다. 우리는 서로 '안녕' 하고 말하고 헤어질 것이다. 호텔 객실은 우리가 혼자서 밤을 보내도록 우리를 삼킬 것이다. 따뜻한 하루가 지나고 레오와 클라라에게 밤은 밝고 편할 것이다. 아마 호텔 침대에서 그들은 사소한 다툼은 빠르게 잊을 것이다. 두 마리 표범처럼 뜨거운 몸을 오래도록 서로 껴안을 것이다. 잠이 어느새 쏟아질 것이다. 그리고 민들레처럼 그들은 열반의 축복 받은 나라에 함께 잠길 것이다. 그리고 아델레는? 그녀는 어떻게 잘까? 속담을 보면 잠자는 방식에 따라 사람을 알 수 있다고 한다. 나는 오직 하룻밤만 아델레와 함께 지내고 싶은 불타는 열정을 느꼈다. 나는 그녀의 숨소리를 듣고 그녀의 얼굴을 오래도록 바라보기를 소망했다. 나를 아델레에게 그렇게 강하게 이끄는 고통스런 힘은 어떤 것인가? 나는 사랑은 서로 느끼는 감정이라고 잘 알았다. 하지만 머리의 깊고 어두운 층에서 기어 나온 이 신비한 힘은 다른 나의 모든 행동과 생각을 강하게 억눌렀다.

나는 아직 첫사랑을 경험한 적이 없다. 나는 그것을 봄철이나 놀라운 꿈이라고 상상했다.
그 뒤 사람은 더 친절하고 더 고귀한 채 깨어난다. 차가 멈추었다. 호텔 브리조는 무감각하게 우리를 기다렸다. 우리는 조용히 2층에 있는 방까지 함께 갔다. 우리는 서로 빠르게 작별했다.
"내일 아침에 모래사장에서 만나요, 그렇죠?"
레오가 내게 말했다. 그리고 214호 방으로 사라졌다.
"안녕히, 에밀. 내일 아침에 기다릴 게요."
사랑스럽게 아델레가 말했다. 내 방 옆에 있는 215호 방문을 열쇠로 열었다.
"안녕히."
나는 중얼거렸다. 내 방문을 열었다. 금세 깊은 침묵이 나를 감쌌다. 길고 어수선한 하루가 끝나고 나는 혼자 남아 숨 막히는 여름밤을 혼자 보내야만 했다. 이 순간 나는 아델레, 클라라, 레오 없이 이 숙소에서 하루라도 더 보낼 수 없을 텐데 하고 느꼈다. 나는 상상조차 할 수 없었다. 일주일 내내 우아하고 조용한 새장과 같은 이 작은 호텔 방에서 어떻게 혼자 지냈는지. 더는 호텔 방 이웃에게 무관심하지 않았다. 나는 방 오른쪽 벽이 나와 아델레 사이에 있음을 벌써 알았다. 오직 벽 하나가 우리를 갈라서게 했다. 조심해서 나는 벽에 가까이 갔다. 지금 아델레는 무엇을 하고 있는지 짐작하려고 했다. 그러나 그녀 방은 조용했다. 아마 아델레는 욕실에 있고 시원한 물줄기가 정말로 그녀의 부드러운 팔, 날씬한 다리, 향기나게 잘 익은 복숭아같은 탄력있는 가슴을 적셨다.

감정에 젖은 나는 너무 구속하지 않는 성인의 환상을 질책하면서 담배를 피웠다. 7시 30분이었다. 정말 클라라, 레오, 아델리는 함께 저녁 하러 갈 것이다. 나는 창문을 열었다. 저녁을 앞 둔 시간에 오늘 하루는 천천히 사라졌다. 아르나에서 산책, 아델레와 수다, 집시의 바이올린 연주는 벌써 과거인가?
석양빛에서 조용한 밤이 태어난다. 마지막 한숨 섞인 탄식으로 하루는 밤에 생명을 주었는가, 아니면 밤의 첫 호흡에 낮은 죽었는가. 그것이 무엇인가. 시작인가 끝인가? 밤에게 낮은 이미 과거인가 아니면 낮에게 밤은 미래인가? 무엇이 살고 무엇이 죽었는가? 무엇이 과거고 무엇이 미래인가? 오늘 하루는 무언가의 시작인가? 오랜 세월 나는 기다리고 찾은 것이 아델레 아닌가? 오랜 세월 내가 꿈꾼 것이 그녀의 걱정 없는 웃음과 순진무구한 어린애의 눈동자가 아닌가? 언젠가 어디서 그녀를 만날 것인가? 몰래 바라지는 않았는가? 열린 창으로 부드러운 바람이 불어왔다. 이 밤에 별이 무척 커졌다. 깨지기 쉬운 파란 공 같은 달은 장엄하게 파도 위에서 뗏목처럼 떠돈다. 어딘가에서, 아마 카지노에서 부드러운 노래 소리가 날아든다. 나는 피곤했다. 잠이 내 눈에 기어 들어왔다. 내일은 어떤 하루일까? 피색깔의 석양은 강한 바람을 점친다. 갑자기 내 깊은 꿈에서 나는 날개의 퍼덕임을 느꼈다. 열린 창을 통해 내 방으로 눈처럼 하얀 비둘기가 날아들었다. 커피용 탁자 위에 앉더니 조용히 그 위에서 거닐기 시작했다. 이미 어릴 때부터 나는 비슷한 비둘기 꿈을 꿨다. 조심스럽게 소리 없이 침대에서 일어나 조용히 커피용 탁자로 다가갔다. 하지만 어제 차의 실내 거울로 나를 몰래 살펴보는 레오처럼 비둘기 역시 벽 거울을 통해 내 의도를 알아차리고 잔이 부딪치듯 웃고 소리 내서 멀리 날아갔다.
그러나 내 방을 떠나지는 않았다. 이 이상하고 눈처럼 하얀 비둘기는 조금 나와 놀고 싶은 듯했다. 그리고 조용히 내 바지와 셔츠가 걸린 의자 위에 앉았다. 다행히 의자는 내게서 가까웠다. 내가 잘 뛰어든다면 이 순간 내게 더 흥미가 없어진 듯 보이는 비둘기를 잡을 수 있을 텐데…. 노련하게 뛰어들었지만 오직 날개의 퍼덕이는 소리만 들렸다. 눈처럼 하얀 비둘기는 내 손 아래로 멀리 날아갔다. 나는 내 머리를 의자에 세게 부딪히며
감자 자루처럼 땅에 떨어졌다. 비둘기는 웃으면서 승리를 외치듯 의자에서 창으로 날아갔다. 건물 돌출부에 앉았다. 그래, 비둘기는 꼭 밖으로 나갈 것이다. 그것을 잡지 못할 것이다. 아주 조심스럽게 창으로 걸어갔다. 하지만 이 순간 비둘기는 세게 날개를 흔들었다. 방이 모두 흔들렸다. 마술 같은 힘이 침대를 들어 올리고 그것을 창밖으로 내던졌다. 벽 거울은 천개의 조각으로 천둥치듯 부서져 떨어졌다. 침대 위에 걸려 있던 바다풍경을 서툴게 그린 그림도 떨어졌다. 전등이 폭발하고 유리 조각이 빗방울처럼 마루를 적셨다. 창밖으로 침대를 던진 마술 같은 힘은 가구를 망가뜨리기 시작했다. 커피용 탁자에서, 의자에서, 선반에서 오직 나무조각만 남았다. 나는 정신없이 비둘기를 바라보았다.엄청나게 파괴해서 그것이 무엇을 하려고 하는지 이해하지 못하면서. 그러나 비둘기는 조용히 공중으로 높이 오르고 기쁜 듯 날개를 흔들었다. 천둥 때문에 내 귀가 멀었다.

방의 사방 벽이 무너졌다. 나는 놀랐다. 그러나 무너진 벽은 나를 부수지 않았다. 먼지에 휩싸인 채 나는 아무 이상도 없었다. 마술 같은 힘이 깃털처럼 나를 들어 올리자 나는 창밖으로 날아갔다. 아마 1초 정도 하늘을 날았다. 나는 벌써 바닷가에 서 있다. 어디에서도 나는 비둘기를 보지 못했다. 그렇지만 이상한 고집스러운 구구 소리를 들었다.

"더 머물지 마라. 네 새장에서 더 머물지 마라."

내 앞에서 희망처럼 영원하고 끝없는 바다는 푸르다. 벗은 몸으로 나는 바닷가에 섰다. 내 방은 완전히 파괴되었다. 그 무엇도 나를 속박하지 않는다. 두려움 없이 나는 희망의 영원한 바다로 걸어갔다. 나는 깼다. 방은 똑같았다. 모든 가구는 대규모로 자기 자리에놓였다. 그 무엇도 부족하지 않았다. 오직 이상한 눈 같이 흰 비둘기만 없었다.

6

Estis kvara horo kiam ni forlasis la ,,Ursan Groton". La julia suno jam brilis mole. Febla vento alblovis salodoron de la maro. Sur la stratoj, sub la veluraj ombroj de kaŝtanaj arboj, la homoj pigre promenadis.
Ni estis lacaj, ni deziris pli rapide forveturi de la urba bruo, kaj nenio jam tenis nin ĉi tie, nek la apetitiga odoro de la fritita fiŝo, nek la bunta bazaro, nek la krutaj kaj zigzagaj stratoj. Klara malrapide gvidis la aŭton. Apud ŝi sidis Leo, malantaŭ ili; mi kun Adèle. Ĉiuj ni silentis. Adèle rigardis tra la fenestro. Mi estis laca, sed ŝajnis al mi, ke mia laco tuj for vaporiĝus, se Adèle ekridetus al mi, aŭ komencus babili kun mi. Aŭ tute ne necesus babili, pli bone estus, se ni senmove sidus unu ĉe la alia kaj silentas.
Adèle mem volis sidi ĉe mi, ĉar kiam Leo proponis al ŝi la lokon apud Klara, Adèle venis kaj sidis malantaŭen. Nun Adèle sidas tiel proksime ĉe mi, ke la siringa odoro de ŝiaj haroj kaŭzas en mi dolĉan doloron. Mi ne povas rezisti al la tento rigardi ŝin. Kvazaŭ talenta skulptisto atente cizelis ŝian delikatan

profilon, kaj kiel du rositaj ĉerizoj allogis ŝiaj lipoj.
Subite mi eksentis, ke iu observas min. Mi turnis la rigardon rapide. Estis Leo. Li sidis dorse, sed pere de la retrospegulo, li atente observis min. Mi nevole ruĝiĝis. Eble Leo ne nur rimarkis, sed ankaŭ bone komprenis mian naivan gapadon.
La aŭto senbrue glitiĝis. La restadejo jam estis proksime. Videblis la verdaj boskoj ĉe la bordo, la unuaj hoteloj. De tempo al tempo aperis ankaŭ la ora sabla strio. La strando sterniĝis senhoma. Senfinaj vicoj de buntaj sunŝirmiloj sugestis malĝojon kaj melankolion. Postnelonge Klara haltigos la aŭton antaŭ la hotelo „Brizo". Ni disiĝos dirante ‚ĝis revido" unu al alia, kaj la hotelaj ĉeloj englutos nin por ke ni pasigu solaj la nokton.
Post la varma tago, por Leo kaj Klara la nokto estos hela kaj trankvila. Eble en la hotela lito ili rapide forgesos sian bagatelan disputon. Iliaj varmaj korpoj kiel du panteroj fleksiĝos longe unu je alia. La dormo venos nesenteble, kaj simile al leontodoj, ili kune sinkos en la benitan regnon de Nirvano.
Kaj Adèle? Kiel ŝi dormos? Proverbo diras, ke

laŭ la dormmaniero oni povas ekkoni la homon. Mi eksentis bruligan pasion, pasigi nur unu nokton kun Adèle. Mi sopiris aŭskulti ŝian spiron kaj longe rigardi ŝian vizaĝon.
Kia estis tiu turmenta forto, kiu tiel tiris min al Adèle? Mi bone konsciis, ke la amo estas reciproka sento, sed tiu mistera forto, kiu rampis el la tenebraj tavoloj de la cerbo, potence subpremis ĉiun alian mian agon kaj penson.
Mi ankoraŭ ne travivis la unuan amon. Mi imagis ĝin printempo aŭ mirinda songô, post kiu la homoj vekiĝas pli karaj kaj pli noblaj.
La aŭto haltis. La hotelo „Brizo" apatie atendis nin. Ni silente iris kune ĝis la ĉambroj sur la dua etaĝo, kaj ni rapide adiaŭis unu la alian.
– Morgaŭ matene ni renkontiĝos sur la strando, ĉu ne - diris Leo al mi, kaj li malaperis en la ĉambro kiu havis la numeron ducent dek kvar.
- Ĝis, Emil, morgaŭ matene ni atendos vin – kare diris Adèle, kaj malŝlosis la pordon de la ĉambro ducent dekkvina, kiu estis najbara al mia ĉambro.
- Ĝis, - murmuris mi, kaj malfermis la pordon de mia ĉambro.
Tuj profunda silento en-volvis min. Post la

longa zuma tago mi restis sola, kaj sola mi devis pasigi la sufokan someran nokton.
En tiu ĉi momento mi eksentis, ke sen Adèle, Klara kaj Leo, mi ne povus eĉ tagon plu pasigi en tiu ĉi restadejo. Mi eĉ ne povis imagi kiel tutan semajnon mi loĝis sola en tiu ĉi eta hotela ĉambro, kiu similis al eleganta kaj silenta kaĝo.
Plu mi ne estis indiferenta al miaj hotelaj najbaroj, kaj mi jam sciis, ke la dekstra muro de la ĉambro staras inter mi kaj Adèle. Nur unu muro apartigis nin.
Atente mi proksimiĝis al la muro, kaj mi provis diveni, kion faras Adèle nun. Sed ŝia ĉambro silentis. Eble Adèle estis en la banejo, kaj la friska akvofluo verŝajne karesis ŝiajn tenerajn brakojn, sveltajn krurojn kaj elastajn mamojn similajn al du aromaj, maturaj persikoj.
Emociita mi bruligis cigaredon, riproĉante mian tro senbridan adoleskan fantazion.
Estis la sepa horo kaj duono. Verŝajne Klara, Leo kaj Adèle iros kune vespermanĝi.
Mi malfermis la fenestron. En tiu ĉi antaŭvespera horo la hodiaŭa tago lante mortis. Ĉu la promeno en Arna, la babilo kun Adèle, la violonludado de la cigano jam estis pasinto?

En la flamoj de la sunsubiro naskiĝis la silenta nokto. Ĉu per sia lasta ĝemsopiro la tago donis al la nokto vivon, aŭ ĉu la unua spiro de la nokto mortigis la tagon? Kio estas tio komenco aŭ fino? Ĉu por la nokto la tago estas jam pasinto, aŭ ĉu por la tago, la nokto estos la estonto? Kio vivas, kio mortas? Kio estas la pasinto kaj kio la estonto?
Ĉu la hodiaŭa tago estis la komenco de io? Ĉu dum longaj jaroj ne Adèle mi atendis, serĉis? Ĉu dum longaj jaroj ne pri ŝiaj senzotga rido kaj senkulpaj infanaj okuloj mi revis? Ĉu kaŝe mi ne esperis, ke iam, ie, mi renkontos ŝin?
Tra la malfermita fenestro alblovis mola vento. Ĉivespere la steloj estis grandegaj. La luno kiel fragila blua globo majeste flosis super la ondoj. De ie, eble de la kazino, alflugis tenera melodio.
Mi estis laca. La dormo rampis al miaj okuloj. Kia estos la morgaŭa tago? La sangokolora sunsubiro aŭguris fortan venton.

Subite, en mia profunda sonĝo, mi perceptis plaŭdon de flugiloj. Tra la malfermita fenestro, enflugis mian ĉambron neĝblanka kolombo. Ĝi sidiĝis sur la kafotablo kaj komencis trankvile promeni sur ĝi.

Jam de la infaneco mi revis pri simila kolombo. Atente, senbrue mi ellitiĝis kaj silente proksimiĝis al la kafotablo, sed kiel Leo, kiu hieraŭ kaŝe observis min en la retrospegulo de la aŭto, ankaŭ la kolombo pere de la mura spegulo rimarkis mian intencon, ĝi tinte ekridis kaj brue forflugis.

Sed ĝi ne forlasis mian ĉambron. Eble tiu ĉi stranga, neĝblanka kolombo volis iomete amuziĝi kun mi, kaj trankvile ĝi sidiĝis sur la seĝo, kie pendis miaj pantalono kaj ĉemizo. Feliĉe la seĝo estis proksime. Se mi bone plonĝus, mi kaptus la kolombon, kiu en tiu ĉi momento ŝajne ne interesiĝis plu pri mi.

Mi lerte plonĝis, sed nur plaŭdo de flugiloj aŭdiĝis... La neĝblanka kolombo forflugis el sub miaj manoj, kaj mi falis kiel sako da terpomoj, frapante forte mian kapon sur la seĝo. Dume la kolombo ridetante, triumfe traflugis de la seĝo ĝis la fenestro, kaj sidiĝis sur la kornico. Jes, la kolombo baldaŭ estos ekstere, kaj mi ne sukcesos kapti ĝin.

Mi ege atente ekpaŝis al la fenestro, sed en tiu ĉi momento la kolombo forte eksvingis flugilojn. La tuta ĉambro skuiĝis. Mirakla forto levis la liton kaj ĵetis ĝin tra la fenestro. La mura spegulo falis rompiĝante tondre je mil pecetoj. Falis la bildo, kiu pendis super la lito, kaj kiu prezentis fuŝe pentritan maran pejzaĝon. Eksplodis la lampo kaj ĝiaj vitraj pecetoj kiel pluveroj aspergis la plankon. La mirakla forto, kiu ĵetis la liton tra la fenestro, komencis frakasi la meblojn. Baldaŭ nur ligneroj restis de la kafotablo, de la seĝo kaj ŝranko.

Mi stupore rigardis la kolombon, ne komprenante kion ĝi intencas per ĉi majesta detruo, sed la kolombo trankvile soris en la aero kaj kontente svingis la flugilojn.

Tondro surdigis min. La kvar muroj de la ĉambro ruiniĝis. Mi konsterniĝis, sed la falintaj muroj ne frakasis min. Volvita en polvo mi restis netuŝita.

Mirakla forto kiel plumo levis min, kaj mi traflugis tra la fenestro. Eble nur sekundon daŭris mia flugado, kaj mi jam staris nuda sur la bordo de la maro.

Nenie mi vidis la kolombon, sed mi aŭdis ĝian strangan insistan rukulon; „Ne restu plu, ne restu plu en via kaĝo..."

Antaŭ mi kiel espero verdis la maro, eterna kaj senlima. Nuda mi staris sur la bordo.

Findetruita estis mia ĉambro, nenio katenis min, kaj sen timo mi suriris la eternan maron de la esperoj.
Mi vekiĝis. La ĉambro estis sama, kaj ĉiu meblo masive staris sur sia loko. Nenio mankis, eble nur la stranga neĝblanka kolombo.

7장 모래사장의 사건

바다가 성이 났다. 아주 커다란 파도가 바닷가에 뛰어 오르고 따뜻한 모래 위로 소리 내면 넓게 퍼져 갔다. 왼쪽에 검은 깃발이 수영하는 것을 금하고 있지만 주로 외국인들은 용기 있게 센 거품이 이는 파도를 향해 뛰어들었다. 구조대원들은 걱정하며 바닷가를 이리저리 다니며 손짓하고, 소리치고, 날카로운 호각 소리로 수영하는 사람에게 경고했다. 커다란 확성기는 모래사장에서 지치지 않고 불가리아어, 영어, 독일어로 오늘 바다에 들어가는 것을 금한다고 되풀이했다. 아주 덥고 뜨겁고 마른 바람이 불었다. 클라라는 배를 깔고 누워 어떤 책을 읽었다. 파란 파라솔 아래 나와 레오는 카드게임을 했다.

"확성기에서 무엇을 그렇게 자주 되풀이하나요?"

아델레가 물었다.

"나는 영어를 배웠지만, 사람들이 단어를 불가리아 식으로 발음해서 무슨 말하는지 거의 알아들을 수 없어요. 무엇을 광고 하나요?"

"예, 바다로 삶이 지겨운 사람에게 오늘 바다에서 수영하라고 권유하고 있어요."

레오가 에스페란토로 진지하게 말했다.

"알아들었어요."

교환하게 아델레가 살짝 웃었다.

"그런데 커다란 파도를 향해 뛰어드는 것은 너무 상쾌해요. 그렇죠? 이미 너무 더워 곧 나도 바다로 들어갈 거예요."

"하지만 더 일찍 당신도 삶은 지겹다고 말해야 해요."

레오가 비꼬듯 말했다.

"예, 아저씨는 카드게임을 더 좋아하니까요."

갑작스러운 강한 외침이 우리를 흔들었다.

"사람이 빠졌어요! 사람이."

몇 사람이 바로 뛰어 들었다. 일부는 바다로 뛰어갔다. 300미터 우리 앞에 많은 사람의 무리가 빠르게 모였다. 어린 두 남자애가 우리를 지나 뛰어가다가, 클라라 위로 거의 넘어질 뻔했다. 정말일까? 바다는 규칙적으로 희생자를 잡아 간다고 난 알았다. 그렇지만 그것이 바로 내 눈앞에서 일어나리라고 짐작하지 못했다.

"여기 첫 번째로 삶이 지겨운 사람이 있네요."

레오가 다시 농담하려고 했지만 클라라와 아델레는 딱딱하게 그를 바라보았다. 아델레의 얼굴은 석고상처럼 하얗게 되었다. 그녀는 일어나서 바다를 등지고 섰다. 레오와 클라라는 가만히 머물렀다. 호기심과 두려움이 나를 장악했다. 우리 앞에서 사람들은 오고 또 왔다. 무리는 점점 더 많아졌다. 구조대원 몇 명은 사람들에게 흩어지라고 요청했지만 소용없었다. 거의 아무도 떠나지 않았다. 뭔가 무서운 일이 이 사람의 태도를 보아 알 수 있었다. 그들은 마치 구경거리를 보려고 왔다. 정말로 사람의 호기심이나 무슨 동물적 본능이 그들을 모았다. 남녀노소의 사람들이 돌처럼 움직이지 않고 서 있는 얼굴에는 호기심과 두려움이 나타났다. 아마 몇몇 눈동자에서만 연민의 저이 보였다. 가까이 내 옆에 뚱뚱한 여자가 자기 두 자녀 8살 소년과 아마 대여섯 살 여자아이 손을 꽉 잡았다. 어린이들은 두려워하며 어머니의 뚱뚱한 몸에 바짝 기댔다. 소년은 울면서 물었다.

"무슨 일이에요, 엄마? 무슨 일?"

여자는 아무 대답도 하지 않았다. 세게 어린 아이의 손을 잡았다. 그녀는 자기 수영복의 가슴이 조금 벌어져 커다란 하얀 젖가슴이 밖으로 나온 것도 느끼지 못했다. 그녀의 돼지 같은 눈동자는 호기심으로 사람들을 가만히 곁눈질했다.

어딘가에서 의사와 들것을 들고 2명의 자원봉사자가 왔다. 수많은 무리들이 조금씩 움직였다. 나는 모래 위에 가만히 누워 있는 남자를 보았다. 키가 작고, 대머리에 아마 마흔 살에서 마흔 다섯 살이다. 퉁퉁 부은 얼굴은 잿빛이었다. 가장 가까이에 걱정하는 표정의 구조대원이 두 명 서 있다. 그 중 하나의 가슴에서 피가 났다. 사람들이 익사자를 데리고 갔다. 사람의 무리가 천천히 사라졌다. 사람들은 다시 모래위에 눕거나 파라솔 밑에 앉았다. 누군가는 지겨운 듯 신문을 넘기고, 다른 사람은 중단한 카드게임을 계속했다. 확성기는 더욱 자주 그러나 단조롭고 불분명하게 불가리아어로, 영어로, 독일어로 '오늘은 바다에 들어가는 것을 금한다.' 고 공지사항을 알렸다. 구조대원들은 바닷가를 이리저리 다니며 손짓하고 호각을 불지만 다시 사람들은 바다에 들어갔다. 오로지 왼쪽의 검은 깃발만 얼마 전에 여기서 사람이 죽었다고 표시했다. 커다란 난로 속처럼 더웠다. 우리 네 사람은 파라솔 아래 앉았다. 레오는 뭔가 농담을 말하려고 했지만 클라라도 아델레도 듣지 않았다. 나는 성난 파도를 바라보았다. 나는 얼마전에 모래위에 가만히 누워 있던 키 작은 대머리남자 생각에서 벗어날 수 없었다. 마치 아직도 내 앞에 그의 퉁퉁 부은 잿빛 얼굴과 구조대원의 가슴에 묻은 피가 있는 듯했다. 다른 무언가를 생각하려고 했지만 소용없었다. 오늘 나는 더 길게 아델레와 대화하고 싶었다. 나는 아델레가숙소에서 아직 며칠이나 더 클라라와 레오와 함께 보낼 것이지 모른다. 그런데 돌이 내 목에 잠긴 듯 한 마디 소리도 낼 수 없었다. 아델레 역시 조용했다. 그녀의 푸르고 파란 눈동자는 멀리 어딘가를 바라보았다. 그녀는 무슨 생각을 할까? 그녀 역시 키 작은 대머리 남자를 생각할까? 클라라는 책을 읽고 레오는 지치지 않고 카드를 다시 정리했다.

"레오 아저씨, 포세이돈의 축제가 언제인가요?"

갑자기 아델레가 물었다.

"3일 뒤."

레오가 간단하게 대답했다.

"그러면 바다의 왕비 경연대회는 언제 하나요?"

"모레, 아가씨도 대회에 나가고 싶나요?"

"왜 아니겠어요? 아니면 제가 바다의 왕비가 될 수 없다고 생각하나요?"

아델레가 병아리처럼 맘이 상했다.

"반대요. 가장 매력적이죠. 모든 바다와 대양의 왕비는 아가씨죠. 그렇지요, 에밀?"

"의심할 바 없지요."

내가 경연 대회가 무엇을 의미하는지 잘 이해하지 못했어도 나는 속삭였다.

"레오, 벌써 점심 먹을 시간이에요."

클라라가 말을 걸었다. 그런 식으로 클라라는 미묘하게 레오가 다시 아델레에게 하고 싶어 준비한 칭찬을 그만두도록 방해하는 것처럼 내게 보였다. 점심을 먹는 동안 우리는 저녁에 호텔 브리조의 유흥주점에서 다시 만나자고 서로 정했다.

7

La maro furiozis. Grandegaj ondoj kuregis al la bordo, kaj brue-vaste disverŝiĝis sur la varman sablon. Sinistra nigra flago malpermesis la banadon, sed estis homoj, ĉefe fremdlandanoj, kiuj kuraĝe saltis kontraŭ la fortajn ŝaŭmajn ondojn. La savantoj maltrankvile vagis sur la bordo, gestis, kriis kaj per akraj fajfoj admonis la sinbanantojn.
La laŭtparoliloj sur la strando senlace ripetis bulgare, angle kaj germane, ke hodiaŭ ne estas permesate la eniri en la maron.
Ege varmis, blovis arda seka vento. Klara kuŝis ventre, legante iun libron. Sub la blua sunŝirmilo, mi kun Leo ludis kartojn.
- Kion tiel ofte ripetas la laŭtparoliloj? demandis Adèle. - Mi lernis la anglan, sed oni tiel bulgarece prononcas la vortojn, ke mi preskaŭ ne komprenas, pri kio temas. Ĉu oni reklamas ion?
- Jes, la maron. Al tiuj, por kiuj la vivo estas enuiga, oni proponas hodiaŭ baniĝi en la maro – serioze diris Leo Esperante.
- Mi komprenas - ruzete ekridetis Adèle. - Sed

estas tre agrable salti kontraŭ la grandegajn ondojn, ĉu ne? Jam tro varmas kaj baldaŭ ankaŭ mi eniros la maron.

- Tamen pli frue vi devus diri ke ankaŭ por vi la vivo estas enuiga - rimarkis Leo ironie.

- Jes, ĉar vi preferas kartludi...

Subitaj fortaj krioj skuis nin: ,,Dronanto, dronanto!"

Kelkaj homoj tuj eksaltis. Iuj kuris al la maro. Tricent metrojn antaŭ ni rapide ariĝis granda homamaso. Escititaj oni gestis, kriis, rigardantaj la maron. Du knaboj kure pasis preter ni, kaj ili apenaŭ ne falis sur Klaran.

Ĉu? Mi sciis; la maro regule prenas viktimojn, sed mi ne supozis, ke tio okazos antaŭ miaj okuloj.

- Jen la unua, por kiu la vivo estis enuiga - provis denove ŝerci Leo, sed Klara kaj Adèle fride alrigardis lin.

La vizaĝo de Adèle iĝis blanka kiel gipso. Ŝi ekstaris kaj turnis sin dorse al la maro. Leo kaj Klara restis senmovaj. Min obsedis scivolo kaj timo. Antaŭ ni la homoj venis kaj venis... La amaso pli kaj pli grandiĝis. Kelkaj savantoj vane petis la homojn, ke ili disiĝu, tamen preskaŭ neniu foriris. Io terura estis en tiu homa sinteno.

Ili venis kvazaŭ al spektaklo. Verŝajne la homa scivolemo, aŭ la praa grega instinkto amasigis ilin. Junaj, maljunaj, viroj, inoj, infanoj... ŝtone staris, kaj iliaj senmovaj vizaĝoj esprimis scivolon kaj timon. Eble nur en kelkaj okulparoj videblis kompato. Proksime, apud mi, dika virino forte tenis la manojn de siaj du gefiloj; okjara knabo, kaj knabino, eble kvin aŭ sesjara. La infanoj timeme premis sin al la grasa korpo de la patrino. La knabo plore demandis;

- Kio okazis, panjo, kio okazis?

La virino nenion respondis, forte tenis la infanajn manojn. Ŝi eĉ ne sentis, ke la mamzono de ŝia bankostumo iome falis, kaj ŝia peza blanka mamo estas ekstere. Ŝiaj porkaj okuletoj scivole, senmove strabis la homamason.

De ie alvenis doktoro kaj du helpantoj, portantaj brankardon. La densa homamaso iomete moviĝis, kaj mi vidis viron, kiu senmove kuŝis sur la sablo. Li estis malalta, kalva, eble kvardek-kvardekkvin jara. Lia ŝvelinta vizaĝo havis cindran koloron. Tre proksime de li, iel zorgmiene staris du savantoj. La brusto de unu el ili sangis.

Oni forportis la droninton, kaj la homamaso

pigre disiĝis homoj denove ekkuŝis sur la sablo, aŭ eksidis sub la sunŝirmiloj. Iuj enue trafoliumis ĵurnalojn, aliaj daŭrigis la ĉesigitajn kartludoin...
La laŭtparoliloj pli ofte, sed monotone kaj malklare informis bulgare, angle kaj germane, ke hodiaŭ ne estas permesate eniri en la maron. La savantoj vagis sur la bordo, gestis, fajfis, sed denove estis homoj en la maro.
Nur la sinistra nigra flago montris, ke antaŭnelonge ĉi tie mortis homo.
Varmis kiel en fornego. Ni kvarope sidis sub la sunŝirmilo. Leo provis diri ian ŝercon, sed nek Klara, nek Adèle respondis.
Mi rigardis la kolerajn ondojn, kaj mi ne povis liberigi miajn pensojn de la malalta kalva viro, kiu antaŭnelonge senmove kuŝis sur la sablo. Kvazaŭ ankoraŭ estus antaŭ mi lia ŝvelinta cindra vizaĝo kaj la sanga brusto de la savanto. Mi vane provis pensi pri io alia. Hodiaŭ mi deziris pli longe konversacii kun Adèle. Mi ne sciis, kiom da tagoj ankoraŭ ŝi kun Klara kaj Leo pasigos en la restadejo. Sed kvazaŭ ŝtono ŝtopis mian gorĝon, kaj eĉ sonon mi ne povis prononci.
Ankaŭ Adèle silentis. Ŝiaj verdbluaj okuloj

rigardis ien malproksimen. Pri kio ĝi pensas? Ĉu ankaŭ ŝi meditas pri la malalta kalva homo? Klara legis sian libron, Leo sencele reordigis la kartojn.

- Leo, kiam estos la festo de Pozidono? – subite demandis Adèle.

- Post tri tagoj – respondis Leo lakone.

- Kaj la konkurso „Reĝino de la maro" kiam okazos?

– Postmorgaŭ. Ĉu ankaŭ vi deziras konkursi?

- Kial ne? Aŭ vi opinias, ke mi ne povus esti Reĝino de la maro? - kokete ofendiĝis Adèle.

- Male. La plej ĉarma. Reĝino de ĉiuj maroj kaj oceanoj estas vi. Ĉu ne, Emil?

- Sendube - ekflustris mi, malgraŭ ke mi ne komprenis bone pri kia konkurso temas.

- Leo, jam estas tempo por tagmanĝo – ekparolis Klara, kaj ŝajnis al mi, ke tiamaniere Klara delikate intervenis por ĉesigi la komplimentojn, kiujn Leo denove pretis fari al Adèle.

Dum la tagmanĝo ni priparolis, ke vespere ni renkontiĝos en la danctrinkejo de hotelo ,,Brizo".

8장 호텔 유흥주점에서

저녁 정각 10시에 나는 호텔 유흥주점으로 들어갔다. 친밀한 어둠과 이상한 평온함이 거기를 장악하고 있다. 어두운 파란 천장에는 수많은 별을 닮은 작은 전구가 은빛으로 빛났다. 이런 친밀한 저녁 하늘에서 부드럽고 신비로운 가락이 흘러 나왔다. 탁자 위에 서 있는 귤색 전구가 부드럽게 손님들의 얼굴을 비추고 있다. 그들은 마치 아무런 대화도 하지 않는 우아한 남자와 여자들이다. 그들은 서로 지켜보고 조용히 신비로운 가락을 즐기면서 술을 마셨다. 모든 것을 상상했지만 절대 생각하지 못했다. 밤에 유흥주점이 예배당처럼 침묵이 지배하리라고는. 청소년의 상상 속에서 유흥주점은 소란스러운, 외치고 미친듯한 음악이 넘치는 곳이었다. 여기에 밤나비라고 불리는 여자들은 어디 있는가? 탁자에 상냥한 아가씨들이 앉아 있다. 누군가 그들 중 하나를 창녀라고 부른다면 정말 잘못된 비방일 것이다. 불안하고 호기심어린 나는 문가에 멈췄다. 내 팔이 마치 나를 방해하는 듯해 어떻게 그것을 잡아야 할지 몰랐다. 춤추는 무대 근처 4인용 탁자에 클라라, 레오, 아델레가 앉아 있다. 아델레는 여름용 붉은 옷을 입었다. 그녀의 석회 같은 팔과 등이 다 드러났다. 또한 지금 양홍석 머리띠로 매끄러운 어깨 위를 자유롭게 흘러내리는 치렁치렁한 머리카락을 매고 있다. 클라라의 옷은 길고 검고 민소매였다. 넓고 흰 숄로 그녀의 맨등을 덮었다. 레오의 복장은 유행에 맞고 초콜릿 색에 조금 갈색인 얼굴과 잘 어울렸다. 그의 노란셔츠의 맨 윗 단추는 풀어져 있고 체리색 목도리를 목에 두르고 있다. 난처한 듯 부끄럽게 나는 내 낡은 청바지와 스포츠용 셔츠를 쳐다보았다.

"오, 에밀. 벌써 왔네요."

내가 그들에게 가까이 다가가자 아델레가 기쁘게 말했다.

"안녕! 친구."

친절하게 레오가 클라라와 아델레 사이에 빈자리를 가리키며 미소를 지었다. 그러나 나는 앉는 것을 서두르지 않았다. 나도 레오처럼 점잖다고 오늘 밤에 그들에게만 아니라 특별히 나 자신에게도 보여주고 싶었다. 나는 젊은 상류사회 사람처럼 행동하리라 마음 먹었다. 나는 클라라에게 다가가 상냥하게 머리를 숙이고 그녀 손에 입맞춤 했다. 아델레에게도 똑같이 했다. 클라라는 놀라서 나를 바라보았지만, 아렐레는 소리내어 웃기 시작했다. 손님들 대부분이 호기심을 가지고 우리 탁자로 고개를 돌렸다. 나의 정중한 그러나 갑작스러운 몸짓을 아델레는 적당한 농담으로 받아들였다. 조용히 춤추는 유흥주점에서 그녀의 잔 부딪히는 웃음소리가 종소리처럼 들렸다. 내 귀는 따뜻해지고 아마 불꽃처럼 빨개졌다. 나는 서서 무엇을 할지 알지 못했다.

"우리 즐거운 귀부인에게 멋진 놀람을 주었어요. 에밀. 그들의 건강한 웃음에 대해 술을 마시자. 달리 무엇을 마실 거예요?"

레오가 진지하게 물었다.

그리고 그렇게 해서 그는 노련하게 웃긴 상황에서 나를 끄

집어냈다.
"위스키요."
내가 속삭였다.
오늘 저녁에 나는 꼭 위스키를 마셔야만 했다. 지금까지 이 유명한 술을 마신 적이 없었다. 게다가 춤추는 유흥주점에 위스키를 마시지 않고 있는 것이 웃기게 보였다. 오늘 저녁에 나는 정말 세계 사람처럼 보여야 했다. 레오는 살짝 손을 들었다. 우리 탁자로 젊은 여종업원이 재빨리 다가왔다. 그녀의 하얀 비단 블라우스는 의도적으로 단추가 거의 잠겨 있지 않았다. 그녀의 매력적인 큰 가슴에 당황해서 나는 고등학생처럼 얼굴이 빨개졌다. 그리고 나도 모르게 머리를 마루로 숙였다.
"신사분들, 무엇을 원하시나요?"
부드럽게 여종업원이 물었다. 레오가 곧 바로 "당신을"이라고 말할 것처럼 내게 보였지만 그는 미소 지으며 그녀를 바라보고 겉으로 말했다.
"위스키 4잔이요."
"어떤 것이요?"
"희고 검은 것이요."
"금방 가져올게요. 신사분."
여종업원은 다시 부드럽고 달콤하게 신사라는 단어를 발음하고 내게 살짝 웃었다. 지금 나는 몰래 눈같이 하얗고 갈매기처럼 펄럭이는 그녀의 젖가슴을 바라보았다. 나는 아델레의 조롱하는 웃음을 잊으려고 했지만 내 귀에는 아직도 웅성거렸다. 탁자 건너편에 클라라의 부드러운 손이 놓여 있다. 핏방울처럼 그녀 손톱 위에 매니큐어가 빛났다.

그리고 나도 모르게 구조대원의 피묻은 가슴과 따뜻한 모래 위에 가만히 누워 있던 키 작은 대머리 남자의 피묻은 가슴을 떠올렸다. 갑자기 나는 내 자신이 무엇 때문에 죽었는지 스스로 알지 못한 비참한 대머리남자 같이 작고 가치없고 비참하다고 느꼈다. 젊은 여자종업원이 다시 나타나서 친절하게 탁자 위에 위스키 넉 잔을 두었는데 잔 속에는 아주 작은 얼음조각들이 들어 있었다.

"이 빙산을 누가 만들었지요?"

비꼬듯 레오가 말했다. 불만족하며 잔 속에 있는 얼음조각을 살피면서. 여종업원은 작은 고양이처럼 살짝 미소 지으며 마치 아무것도 듣지 않은 것처럼 그리고 달콤하게 아직 무엇을 더 원하는지 물었다.

"우리 사정을 알지요, 그렇죠?"

딱딱하지만 점잖게 레오가 물었다. 그의 눈동자는 호기심에 차서 그녀에게 고정했다.

"무슨 말씀이세요, 손님?"

변명하듯 아가씨가 물었다.

"물이 아니라 위스키 문제입니다."

"여기서 물을 볼 수 없는데요."

그녀가 순진하게 말했다.

"바로 그것 때문에. 아가씨는 지금 이 넉 잔을 볼 겁니다. 개인적으로 그 안에 얼마큼의 물과 얼마큼의 위스키가 들어 있는지 조사할 겁니다. 나중에 얼음 없는 자연스런 위스키를 가져다 줄 겁니다."

모든 말을 레오는 강조해서 작은 소리로 발음했다. 마치 기둥에 못을 박듯이 그는 안정되어 보이지만 오른쪽 턱수

염이 떨렸다.
"얼음 없는 위스키를 제공하지 않습니다."
불친절하게 여종업원이 단언했다.
"나쁜 꼴을 피하고 싶다면 내게 가져다 줄 겁니다."
"여보, 왜 우리의 평온한 저녁을 망치려고 애써요?"
클라라가 에스페란토로 말을 꺼냈다.
"나는 위스키 넉 잔과 별도로 얼음 그릇을 주문했어요."
레오가 간단하게 덧붙였다.
젊은 여종업원은 말없이 잔을 모으더니 조용히 떠났다.
"여보, 괜히 이런 일을 만들었어요. 정말 당신은 어린아이가 아니에요. 식당이나 술집이나 카페에서 어떤 위스키를 제공하는지 당신은 잘 알아요. 지금 그녀는 얼음 없는 위스키를 가지고 올 거예요. 그러나 그것은 노련하게 물에 타 있을 겁니다. 그때 효과는 음료수와 똑같아요."
비꼬듯 클라라가 강조하고 나와 아델레에게 설명했다.
여름에 나라에서는 자신의 목적이 쉽고 빠르게 가장 큰 이득을 얻는 개인들, 가장 작은 식당과 호텔의 유흥주점에게 세를 받고 빌려 준다고 그래서 위스키 잔에는 딱딱한 얼음 조각이나 레오가 말한 것처럼 빙산이 들어 있다고 말했다.
'남편이 아마도 유흥주점을 소유한 그 어리석은 여자들에게 내가 외적으로 보이는 것처럼 그렇게 순진하지 않다는 걸, 그리고 여자의 열린 블라우스가 전혀 나를 눈감게 할 수 없어, 예를 들어 옆 탁자의 바보같은 남자들을 눈감게 한 것처럼.' 레오는 재치 있게 농담으로 이런 말을 하고 싶었다. 그러나 그의 눈에는 아직 작은 불씨가 빛나고 있다. 갑자기. 가까운 옆 탁자에서 지금껏 우리에게 등지고 앉아 있던 젊고 키 큰 남자가 벌떡 일어나 무례하게 야릇한 웃음을 띠며 레오에게 말을 걸었다.

"선생님이 틀렸어요. 친절한 박사님. 첫째, 여종업원은 이 유흥주점 주인의 부인이 아닙니다. 내가 잘 알지요. 둘째, 옆 탁자에 바보가 앉아 있지 않습니다. 셋째, 선생님은 생긴 것처럼 정말로 순진합니다."

"오, 알렉스! 어디서 나타났어. 이 녀석!"

레오가 놀라 소리쳤다.

"이 하늘에서 떨어졌지."

그리고 남자는 시선을 천장으로 쳐들었다.

"그래도 너는 위스키에 있는 얼음조각을 여기에 앉아 있는 사람들보다 훨씬 더 잘 알아 차리는구나. 아마 나도 남의 말을 몰래 엿듣는 버릇이 없어. 다른 꽃병에 코를 집어넣는."

레오가 찌르듯이 말했다.

"네 스스로 내가 끼어들도록 목적 없는 말다툼을 그 죄없는 인간하고 하니까."

낯선 남자가 눈치챘다.

"나는 등 뒤에 앉아 놀라서 엄숙하고 화내는 목소리가 언젠간 과묵하고 두려워하는 나의 동급생 레오 것이라고 확신했어."

그리고 남자는 레오가 학생이었을 때 얼마나 겸손하게 행동했는지 보여 주려고 웃긴 표정을 보였다.

"아이고, 이 녀석! 바로 너는 말을 자격이 없어. 언젠가 내가 무서워했다고? 왜냐하면 자주 너는 집에 돌아 갔으니까, 찢어진 옷깃을 가지고."

레오가 살짝 웃었다.
"그래도 나는 네 찢긴 옷깃에 관해 몇 가지 기억하고 있어. 매력적인 아가씨 앞에서 네게 서둘러 보여주지 않아. 언젠가 고등학교때 용감한 사람처럼."
농담하며 낯선 남자가 반박했다. 그는 키가 크고 어깨가 떡 벌어졌고 검은 머릿결에 수염과 밝은 눈동자를 가졌다. 그의 힘없고 느린 움직임이 무기력함을 연상시켰다. 처음에 내게 커다란 불쌍한 큰 곰처럼 보였다. 사람들이 알아차릴 수 있다. 그렇게 편안하게 느끼지 않음을. 우아한 밝고 푸른 정장에 그의 두꺼운 목은 양홍색 비단 목도리를 둘렀다.아마 지금 남자 목도리는 유행에 맞다. 왜냐하면 유흥주점에 레오와 그 남자를 빼고도 아직 몇 남자들이 비슷한 목도리 하고 있었다.
"알렉스! 내 부인 클라라. 우리 프랑스 여자 친구 아델레. 친구 에밀을 소개할게."
레오가 자기 친구에게 우리를 소개했다.
"이 사람은 알렉스 파노브로 언젠가 내 동급생이고 지금은 유명한 영화감독이야."
클라라는 호기심을 갖고 알렉스를 바라보았다. 나도 놀란 채 앉아 있다. 일년 전 나는 그의 영화 '친구여, 안녕' 을 보았다. 영화가 내 마음에 들었다. 파노브는 현대의 유능한 영화감독에 속하지만 그렇게 젊을 거라고 절대 짐작하지 못했다. 그러는 동안 파노브는 옆 탁자에 있던 자기 의자를 가지고 와서 편하게 레오 옆에 앉았다. 분명 그들은 오랫동안 만나지 않아서 지금 파노브는 예전 동급생과 약간 수다를 떨고 싶은 듯했다.

"그래, 의사 양반. 우리가 여기서 만나리라고 꿈에도 생각 못 했어. 아마 서로 10년 정도 보지 못 했지? 지금 어디에 있니?"

"대학병원에 있어."

레오가 간단히 대답했다.

"어떤 질병을 맡고 있니?"

"심리학 관련."

"아, 너는 사랑 전문가구만. 정말 그것은 정신적인 질병에 속하지."

분명 레오는 자기 일을 전혀 이야기하고 싶은 기분이 아니었지만, 수다스런 감독은 말을 멈추지 않았다.

"벌써 고등학교때부터 너는 진짜 교수였어. 정말 우리가 무단결석했을 때 너는 네 아버지에게서 의사의 백지처방전을 몰래 가져와 우리에게 잘못된 처방을 능숙하게 써주었지."

감독은 웃음을 터뜨리고 클라라를 쳐다보고 조그맣게 말을 이었다.

"아주머니, 상상해보세요 3일 날 학교에 가지 않았어요. 남편분이 우리에게 의사 처방전을 주었지요. 사람들이 우리에게 성병(性病)을 조사했지요. 우리 담임 페트크바 여교사는 거짓 처방전을 다 읽어 보고 여학생처럼 얼굴이 붉어지고 말을 더듬기 시작하더니 금세 우리 결석한 모든 것을 삭제했어요."

영화감독은 낮은 목소리로 크게 웃었다. 아델레도 호기심을 가지고 그를 바라보았다. 왜냐하면 그녀는 전혀 못 알아들으니까. 그리고 클라라는 살짝 웃기만 했다.

"그런데 너는 여기서 무엇을 하고 있니, 이놈아?"
레오가 물었다. 그 예전 동급생의 바보스러운 기억을 피하려 하는 듯.
"낮에 나는 바다를 즐기고 밤에는 유흥주점을 즐겨. 그 사이에 새 영화를 찍어. '먼 변두리' 가 임시 제목이야. 옆 탁자에는 이리나 몬토바와 덴 필로브가 앉아 있어. 그들을 보았니? 그들이 내 영화에서 주인공 역할을 맡고 있어."
파노브는 내 영화라는 단어를 강조하고 몬토바와 필로브를 쳐다보았다. 그들은 유명한 인기 배우로 아마 파노브가 그들이 자기 영화에 나온다면 영화는 반드시 성공할 것을 의미한다고 암시하고 싶은 듯했다. 지금 처음으로 나는 몬토바를 그렇게 가까이에서 보았다. 그녀는 정말 매력적인 아가씨지만 여기서 보니 배우로 나온 영화에서보다 더 늙었다. 귀족 스타일의 입술과 커다란 푸른 눈동자는 바쁜 것을 나타냈다. 몇몇 남자가 자주, 아주 자주 그녀에게 여러 의미가 담긴 시선을 던지고 있음을 나는 알아차렸다. 그러나 몬토바는 자기 앞에 앉아있는 필로브를 제외하고 다른 누구도 보지 않는 것 같았다. 그녀 옆에서 필로브는 소년처럼 보였다. 아마 스무 살은 먹었음에도 영화에서 그의 순진무구한 얼굴과 활기찬 올리브 눈은 소녀들을 홀리게 했다. 지금 그는 하얀 청바지에 선원의 블라우스를 걸친 소박한 옷차림이었다. 사람들이 그를 알지 못한다면 가장 비싸게 출연료를 받는 배우라고 아무도 짐작할 수 없을 것이다. 분명 사람들의 호기심어린 눈이 그를 귀찮게 했지만 정말 그는 몬토바나 파노브의 맘을 상하게 하지 않으려고 여기에 앉아 있어야 하는 듯했다. 나도 이 순간 필로브가 몬토바와 어떤 대화를 하는지 정말 궁금했다. 더 정확히 몬토바가 말하고 필로브는 지겨운 듯 듣고 있지만, 자신의 진지한 소년의 미소로 지루함을 숨기려고 했다. 몬토바는 필로브의 지루함이나 어수선함을 알아차리지 못하고 계속 수다를 떨었다. 때로 필로브는 우리 탁자로 시선을 던졌지만 그가 파노브나 아델레 누구를 보는 지 알지 못했다. 아니면 아델레 역시 덴 필로브를 알아차릴 수 있다. 그리고 아마 한 번이나 두 번 그녀는 그의 계속해서 던지는 시선에 피상적으로 대답했다. 사실 아델레는 지겨웠다. 그녀는 레오와 알렉스의 불가리아어로 나누는 활기찬 잡담을 한 마디도 알아듣지 못했다. 그리고 항상 모든 것을 아델레에게 정확히 통역했던 레오가 알렉스가 누군지 설명하는 것을 지금은 잊었다. 그러나 영화감독은 아델레의 매력에 무관심하지 않고 그녀에게 말을 걸 구실을 찾는 듯했다. 젊은 여자종업원이 다시 술과 별도의 얼음조각이 든 잔을 가지고 왔을 때 레오는 자기 예전 동급생을 위해 위스키 한 잔을 더 주문했다. 이번에 여종업원은 놀랍도록 빠르게 위스키를 영화감독에게 제공했다. 정말 그들은 서로 잘 아는 듯했다. 왜냐하면 영화감독이 다정하게 그녀를 바라보았기 때문에. 나중에 그는 자기 잔을 들고 상냥하게 클라라와 아델레에게 몸을 돌렸다.

“우선 건강과 매력을 위해 마시고 싶어요. 사랑하는 여성들이여. 그리고 우리의 옛 우정 레오를 위해.”

그는 엄숙하게 말했다.

우리 모두 서로 잔을 부딪쳤다.

"아가씨, 여기서 어떻게 지냈나요?"
영화감독이 묻고 노련한 바람둥이처럼 밝고 포근한 눈길로 아델레를 고정했다. 그의 시선에 아델레는 조용한 미소로 응대했지만 질문을 전혀 알아듣지 못했다. 지금 레오는 벌써 30분 간이나 한 마디도 아델레에게 통역하지 않은 것이 갑자기 생각났다. 조금 당황한 듯 에스페란토로 알렉스의 질문을 통역했다.
"감사합니다, 신사분. 저는 잘 지냅니다. 바닷가가 정말 아름답군요."
아델레가 대답했다. 그녀의 푸르고 파란 눈동자에 반짝이는 빛이 빛났다. 레오는 대답을 불가리아어로 옮겼지만 영화감독은 이상하게 조용히 그를 바라보았다.
"말해 봐, 박사. 무슨 언어를 하고 있니? 언젠가 나는 불어를 배웠는데. 그러나 이탈리아어나 스페인어를 하고 있니?"
"우리는 에스페란토를 하고 있어."
레오가 대답했다. 영화감독은 마치 다른 모든 것을 기대했지만 아마 그것은 아니었다. 소리 내며 낮은 목소리로 크게 웃었다.
"에스페란토! 그 언어가 아직 존재하니? 그것을 말하는 사람이 있니?"
그의 질문과 시선이 벌처럼 레오를 질렀지만 편안하려고 애썼다.
"우리가 그 언어를 사용한다면 그것은 존재한다는 것을 의미하지." 레오가 대답했다. 영화감독은 그를 놀라서 쳐다보았다.

“농담하는 것이 아니지? 정말 에스페란토를 말하고 있니? 그러나 딱딱한 박사가 왜 그런 국제어에 빠져 있니?”

“그럼 너는 왜 영화에 빠져 있니? 사람들이 처음 영화를 그림자극이라고 불렀어. 언젠가 영화도 예술이 될 거라고 아무도 짐작 못했잖아.”

“하지만 영화 예술을 인공어와 비교하는 것은 불합리해.”

영화감독이 반박했다. 둘 사이의 차이점을 더 잘 드러내려고 영화예술과 인공어란 단어를 강조했다.

“알렉스, 진실로 유감스럽다. 네가 에스페란토에 관해 원시적인 상상력을 가지고 있어. 그러나 이 문제를 잘 인식하도록 네게 어떤 책을 선물할게.”

진지하게 레오가 말했다. 하지만 영화감독의 밝고 파란 눈에는 비꼬는 빛이 나타났고 그는 마음 착한 아버지가 순진한 아들을 쳐다보듯 그렇게 레오를 보았다.

“정말 고마워, 레오. 그렇지만 충분히 문제를 많이 가지고 있어.”

잠시 그들은 조용하고 나중에 뭔가 다른 것에 관해 이야기를 시작했다. 그렇지만 그들의 대화는 무덤덤하고 지루했다. 영화감독은 레오가 어떻게 아델레를 알게 되었는지 물었고, 레오는 어쩔 수 없이 에스페란토를 통해 그녀를 알게 되었고 어느 정도 에스페란토로 편지 교환을 했고 지난해 클라라와 함께 프랑스를 방문했고 며칠간 아델레와 그녀 부모님 집에서 머물렀다고 대답했다. 이번 여름에 그들이 아델레를 불가리아로 초대했고 그렇게 2주간 바닷가에서 그들과 함께 머물 것이다. 어쨌든 어느새 유흥주점 음악은 더 강해졌다. 춤추는 무대에서 춤추는 쌍 사이에 몬토바와 필로브가 보였다. 필로브는 몬토바보다 키가 작았지만 그것이 문제는 아니었다. 몬토바는 손을 소년의 어깨 위에 편안히 기댔다. 그녀의 베일에 싸인 시선이 무수히 많은 작은 전구들이 반딧불처럼 빛나는 어두운 천장을 헤맸다. 그녀의 긴 머릿결은 무성하고 밤처럼 까맣다. 그리고 이 매력 있는 여자가 신비롭게 어떤 식으로 여기에 나타났고 똑같이 신비롭게 사라질 것이라는, 마치 조용한 밤이 밖에서 그녀를 삼킨 것처럼 그래서 그녀가 어떻게 생겼는지 그녀가 누구인지 누구도 말할 수 없도록 그런 느낌이 갑자기 나를 사로잡았다. 정말 그녀는 누구인가? '낮에만 기쁨' 이라는 영화에서 활기찬 젊은 여의사인가 아니면 '좋은 사람 되라' 라는 영화의 매력적인 여자 판매원인가? 아니면 아마 오직 외국 문장과 외국 단어를 속삭이는 매력적인 여자 그림자인가?

"미안해요, 아가씨들. 레오, 미안해. 벌써 11시야. 30분 뒤에 우리는 다시 항구에 가야 해. 오늘 밤에 거기서 몇 장면을 찍어. 아마 내 동료들은 벌써 거기서 나를 기다리고 있어."

알렉스는 말하고 일어섰다.

"분명 우린 다시 만날 거야. 나는 라로 호텔에 있어. 아직 한 달간 여기서 영화 찍을 거야."

"잘 가, 알렉스!"

딱딱하게 레오가 말했다.

"유쾌한 작업하세요."

클라라가 덧붙였다.

영호 감독은 다정하게 아델레에게, 나에게 미소를 짓고 춤추는 곳으로 갔다. 몇 분 뒤 몬토바, 필로브 그리고 영화감독은 유흥주점을 떠났다.

"고등학교에서도 그는 매우 자신만만했어."

그가 떠난 뒤에 레오가 말했다.

"벌써 그때 유명 영화 감독이 되려고 했어. 그리고 그가 전 세계에 있는 것처럼 그렇게 행동 했어."

"자신이 원하는 것을 잘 알고 있다는 걸 의미하죠."

클라라가 알아차렸다.

"아마도, 그러나 나는 그의 건방진 영화를 이해하지 못해."

"그래도 그는 재능이 있어요. 작년 영화 '친구여 안녕'은 성공했어요."

"그래. 그것이 평범하기 때문에."

"그러나 그때 당신도 좋다고 했는데 했는데…. 미안해요, 레오. 누가 당신에게 에스페란토는 언어가 아니라거나 에스페란토는 장래성이 없다고 말하면 왜 그렇게 고통스럽게 당신 마음을 아프게 했을 텐데."

"에스페란토는 나의 언어고 누가 그것을 혹평하는 것을 참을 수 없어."

"얼마나 크고 순진한 어린애 인지. 그러나 당신은 내게 춤을 추자고 왜 초대 안 하나요? 정말 우리는 에스페란토를 변호하려고 여기 온 것이 아닌데…."

레오는 살짝 웃었지만 에스페란토가 그의 언어라고 진지하게 아니면 농담으로 말 했는지 알 수 없었다. 그가 일어나 클라라에게 다가갈 때 그의 오른쪽 손가락에 푸른 보석이

든 황금 반지가 반짝이는 것을 나는 알아차렸다. 그것은 우연인가? 나는 그가 에스페란토라는 단어를 언급할 때 레오의 어두운 시선이 불타는 것을 벌써 오랫동안 알아보았다.
부드러운 음악이 춤추는 사람들을 휘감고 있다. 낯선 배경에서 클라라의 베두윈 같은 얼굴은 마치 부조를 새긴 듯했다. 클라라는 화장품을 쓰지 않았다. 그리고 지금 그녀의 뺨은 희미한 장미색이다. 하얀 날개 같은 그녀의 작은 손은 레오의 어깨 위에 놓여 있다. 클라라의 미묘한 코와 편도 복숭아 같은 얼굴은 감정에 젖어 뜨겁게 불타면서도 어두운 시선과 비꼬는 미소를 방패삼아 그녀 영혼을 감추었다. 그러나 비꼬는 미소 속에 내 호기심을 자극하는 수수께끼 같은 것이 있다. 이 서른 살의 아름답게 보이는 여자를 조금 더 알고 싶었다. 클라라는 조금 말했지만 그녀의 복숭아 같은 눈은 마치 다른 사람의 생각을 읽는데 노련한 것 같았다.
오래전에 이미 아델레에 대한 내 사랑의 경향을 유추했는지 나는 두려웠다. 부드러운 비꼬는 미소로 클라라는 내 청소년기의 소망을 살폈다. 갑자기 나는 마치 깊은 꿈에서 깨어난 듯했다. 놀라서 내가 왜 클라라를 생각하는지 궁금했다. 내 맞으면 옆 탁자에 혼자 조용히 아델레가 앉아 있을 때 정말 벌써 며칠 전부터 나는 내가 혼자 아델레와 함께 남을 그 순간을 기다렸다. 지금 그녀는 살짝 웃으면서 나를 살폈다. 마치 내가 그녀에게 말 걸어 주기를 아니면 내가 그녀에게 춤을 추자고 초대하기를 기다린 듯했다. 안타깝게 아주 가끔 나는 춤을 추었다. 오직 가끔 우리 학교에서는 댄스의 밤을 만들었다. 나는 아델레를 부드럽게 쳐다보았다. 한없는 바다처럼 그녀의 눈은 하늘빛이다. 아침. 어루만짐, 교활함이나 아마 사랑까지도 그 두 개의 커다랗고 푸르고 파란 눈에서 빛이 났다. 내 마음속에서 뭔가가 떨렸다. 내 불타는 귀에 먼 종소리가 땡땡거렸다. 지금까지 나는 사람들은 오직 말과 목소리로 말한다고 믿었다.
넓은 침묵 속에서 앉을 수 있고 생각과 감정이 서로 흐를 수 있도록 강제할 수 있음을 나는 짐작조차 하지 못했다. 우기는 으면.
나는 내가 왜 일어났는지 알지 못했다. 아마 두 개의 푸르고 파란 눈동자가 내게 그것을 명령한 듯 했다. 내 목은 여름에 갈라진 땅처럼 말랐다. 내 발은 떨렸다. 꿈에 나는 그녀에게 다가갔다. 내가 무엇을 말했나? 정말 한 마디도 나는 꺼낼 수 없었다. 그녀는 살며시 웃고 이 미소가 마치 참새처럼 떠는 내 가슴에 힘을 불어넣어준 듯했다. 이런 여성의 미소로 그녀는 마치 내 의지에 순종하는 듯했고 지금 처음으로 내가 남자임을 느꼈다. 어떻게든 천천히 그리고 오래 우리는 춤추는 무대로 걸어갔다. 내가 그녀의 맨 등을 팔로 감쌀 때 전류가 나를 흔들었다. 그녀 역시 떨었다. 내 손가락이 그녀 어깨를 어루만지고 내 넓적다리는 그녀의 매력적인 종아리를 느꼈다. 그녀의 비단 같은 머릿결이 나의 따뜻한 얼굴을 간지럽혔다. 지금 그녀는 나의 것이었다. 몇 분간 몇 초 동안 그녀는 내 팔 안에 있다. 나는 취해서 그녀 머릿결의 라일락 향기를 마셨다. 손끝으로 그녀 옷에 불타는 천을 어루만졌다. 그녀의 딱딱한 가슴이 내 가슴을 건드렸다. 아이고, 참. 지금껏 나는 정말 살아 있는가? 얼마나 빨리 흔적 없이 내 고등학생 시절이 멀리 날아갔는가! 난 한 번도 사랑한 적이 없었다. 한 번도 저녁에 소녀와 함께 산책한 적이 없었다. 어떤 소녀와 몰래 입맞춤한 적이 없었다. 나는 정말 새장 속에서 살았다. 그리고 지금도 누가 언제 나를 그 속에 가두었는지 나는 이해할 수 없었다. 나의 부모님인가? 그들의 삶은 단조롭고 평탄했다. 고등학교 선생님인가? 그들은 항상 어디서나 걱정하며 어느 여학생이 어느 남학생과 밤에 산책하는지 통제했다. 아니면 아마 나인가? 책과 환상 속에서 살고 혼자 나 스스로를 가두었다. 나는 사랑을 용기도 없었다. 언젠가 그것이 자연스럽게 일어나리라고 나는 항상 생각했다. 나는 항상 어느 불분명한 먼 미래에 어느 마술 같은 내일에 라고 항상 믿었다. 그러나 오늘 밤에 이 우아한 유흥주점에서 나는 그런 내일 같은 날은 절대 있지 않다고 갑자기 느꼈다. 오직 유일한 지금 이 순간만 존재하고 오직 이 순간에 나는 행복하거나 불행할 수 있다. 내일이라는 날이나 미래는 헛된 희망이며 달콤한 속임수다. 나는 지금 이 유일한 실제 순간에서 살아야만 한다. 지금 나는 아델레를 사랑했다. 지금 나는 그녀의 숨소리를, 가슴을 느꼈다. 지금 나는 그녀의 작은 무릎을 부딪쳤다. 나는 이 순간은 사라질 것임을 잘 알았다. 절대 이 유흥주점에서 이런 저녁 같은 그런 분위기는 돌아오지 않음을 잘 알았다. 커다랗고 천천히 흐르는 강 같이 음악이 흐르고 그것이 영원히 나를 멀리 끌고 갔다. 그러나 아델레, 세상, 온 우주는 나의 것이었다.

“언젠가 나는 발레리나가 되고 싶었어요.”

마치 혼잣말하듯 아델레가 속삭였다. 나는 조용했다. 아직 조금 나는 축복의 순간을 유지하려고 했다. 나는 내 말이 그것을 멀리 쫓아낼 것을 알았다. 그녀의 머릿결은 아직 내 뺨을 어루만지고 있고 그녀의 손은 아직 내 어깨 위에 놓여 있다.

"왜 언젠가라고 말했나요?"

내가 물었다.

"아쉽게도 이미 늦었어요. 나는 발레학교를 마치고 싶었지만 아버지가 허락하지 않으셨어요."

"왜요?"

"내 직업이 다른 중요한 것이 되어야 하기에."

"무슨 말인가요?"

나는 이해하지 못했다.

"우리 아버지는 공장 하나를 가지고 계세요. 딸도 저뿐이고요. 공장은 화장품을 생산하고 있어요. 그래서 딸이 화학자나 약사나 그와 비슷한 직업을 가져야 해요."

그녀는 풍자적으로 설명했다.

"직업이 공장에 달려 있다는 것을 의미하네요."

"그래요. 아버지에 따르면 공장이 사람을 위해 있는 것이 아니라 사람이 공장에 따라야 하기 때문이죠."

그녀는 웃으면서 말했다. 우리는 조용해졌다. 나는 눈처럼 하얀 가운을 입은 아델레를 상상하며 쳐다보았다. 그녀는 넓고 조용한 실험실에서 혼자 서 있다. 그녀의 푸르고 파란 커다란 눈은 딱딱해서, 주변 긴 선반에 가지런히 놓여 있는 증류기나 실험관처럼 유리 같다.

"아델레."

나는 속삭였다. 내 입술은 나도 모르게 그녀의 작은 귀에 닿았다. 나는 말하고 싶었다. '내가 당신을 사랑해요.' 그렇지만 나는 용기를 내지 못했다. 아델레는 우아하게 머리를 돌리더니 물어보듯 나를 바라보았다.

"아델레, 나는 당신의 성을 몰라요."

내가 속삭였다.

"아델레 마린이에요."

그녀는 달콤하게 발음했다.

"내 주소를 드릴 게요. 언젠가 꼭 나를 방문해 주세요."

"언젠가."

나는 되풀이했다. 그녀는 이 잠깐의 여름휴가가 지나면 긴 군복무가 나를 기다린다는 사실을 모른다. 그녀의 무엇이 나를 매혹시켰을까. 그녀의 리듬 있는 말하는 태도인가? 그녀의 하늘빛 순진무구한 눈동자인가?

아마 이 여름이 내 사랑의 이유인가? 이 여름에 어떻든 불확실하게 나는 마치 내 속에서 뭔가가 내 청소년기의 꿈과 함께 멀리 사라짐을 느꼈다. 나는 아델레를 일이 년 전에 봤다면 아마 지금처럼 그녀를 그렇게 사랑하지는 않았을 텐데 하고 느꼈다. 그녀를 향한 똑같은 열정으로 나를 잡아당기지 않았을 텐데. 우리의 만남은 우연인가. 그렇지만 우리 삶에서 모든 것은 우연처럼 보인다. 우연히 우리는 존재하고 태어나고 사랑에 빠진다. 나는 아델레를 본 우연한 순간에 감사했다. 음악이 꿈속에서처럼 우리를 달랬다. 나는 전혀 모르는 곳으로 향해서 결코 내 조용한 고향으로 돌아오지 않을 동화 같은 배 갑판 위에 느끼지 못하게 춤을 추면서 서 있었다. 우리는 클라라와 레오에게 다가갔다.

클라라가 우리에게 미소를 지었다.

"이 곡은 내가 가장 좋아하는 거예요."

그녀가 말했다. 하지만 나는 재즈악단이 연주하는 이 곡이 무엇인지 알지 못했다. 현대음악에 관해서 나를 거의 문맹이었다. 마지막 부분이 길게 소리를 내자 우리는 탁자로 돌아왔다. 아델레와 춘 춤이 호흡처럼 짧게 그리고 수평선처럼 끝없게 느껴졌다. 아직도 내게 생각이나 감정이나 향기가 떠다닌다. 나는 마치 아직도 아델레의 비단 머릿결의 봄 향기를 마시는 듯하고 아직도 그녀의 딱딱한 젖가슴이 닿는 것을 느끼는 듯하고 내 속을 사로잡는 모든 혼란이 오직 하나의 이름 아델레 마린 때문이었다.

"에밀은 춤을 아주 잘 추네요."

아델레가 알려 줬다. 하지만 나는 그녀가 그것을 진심으로 말했는지 아니면 농담으로 말 했는지 알 수 없었다. 나는 바보처럼 미소 짓고 당황스러운 내 모습을 보지 못하도록 금세 위스키 잔을 들어 올렸다.

"여기서 나는 아는 사람 하나를 또 찾았어."

레오가 클라라에게 불가리아어로 말했다.

"그는 우리 병원의 외과 의사지만 만나는 것을 피해야만 해요. 그는 낯선 여자와 꽤 정답게 춤을 추고 있는데 정말로 그의 아내와 자녀들을 여기 없어."

레오는 유흥주점의 오른쪽 구석을 조심스럽게 처다보았다. 거기 먼 탁자에 키가 큰 마흔 살의 남자가 눈같이 흰 머리를 한 채 앉아 있다. 그 옆에는 착한 아가씨가 앉아 있어 레오와 클라라가 무엇을 덧붙이지 않았어도 이 아가씨는 내가 유흥주점에 들어오면서 호기심을 가지고 보기를 원했던 밤 나비임을 금세 짐작했다. 아마 조금 오래 흰머리의 남자를 바라보았기에 클라라가 자기 잔을 미묘하게 들며 말했다.

"건강을 위하여, 에밀."

짧은 채찍처럼 그녀의 언급이 나를 때렸다.

나는 얼굴이 빨개져서 속으로 이런 작은 사회에서 어떻게 행동할지 알지 못하는 나를 장난꾸러기나 장난꾸러기 일 것이라고 꾸짖었다. 당황해서 나는 잔을 들었지만 내 팔꿈치가 옆의 성냥갑을 건드려 탁자 아래로 떨어졌다. 곧 나는 고개를 숙여 그것을 집어 들었다. 그리고…. 나는 의자에서 간신히 넘어지지 않았다. 아델레의 발이 레오의 발 위에 놓여 있었다. 아마 모든 것이 그렇게 빨리 일어나 아델레는 자기 발을 제자리로 가져가 신발에 넣는데 성공하지 못했거나 아니면 아마 그것을 하려고도 하지 않았다.

그녀의 작은 맨발은 레오의 장딴지를 만지고 있었다. 나는 간신히 성냥갑을 들어올렸다. 마치 그것이 1톤이나 되듯 무겁게 그리고 조심스럽게 그것을 탁자 위에 놓았다. 마치 내 손에 폭탄을 든 것처럼. 땀방울이 내 이마에, 내 손바닥에 이슬 맺혔다. 레오는 편안하게 클라라와 대화했다. 아마 그들은 아내와 자식 없이 여기에 있는 흰머리 외과 의사에 관해 이야기했다. 아델레는 식당 쪽을 보고 있다. 오직 나만 어디를 볼지 몰랐다. 아무 것도 모르는 클라라를, 아니면 흔들릴 수 없는 용병 대장처럼 앉아 있는 레오를, 아니면 아마 푸르고 파란 눈동자가 지금 내게 해로운 것처럼 보이는 아델레를. 나는 마치 그들 앞에서 맨몸인 것처럼 앉았다. 어떤 미묘한 힘이 온 유흥주점을 마치 크게 흔든 듯했다. 그리고 이 순간에 거짓 밤하늘이 우리 위에서 떨어져 파괴시킬 것처럼 위협했다. 내 논리의 신이 찢어진 채 매달려 있다. 여기서 나는 무엇을 하고 있나? 나는 이유를 알지 못했다. 그러나 내 기억에서 안개처럼 천천히 아르나에 소풍 간 일이 헤엄쳐 나왔다. 나중에 식당으로 클라라가 차를 운전했다.

레오는 클라라 옆에 앉았고 나는 다시 차의 실내 거울에서 나와 아델레를 살피는 레오의 눈을 본 것 같았다. 클라라는 뭔가를 의심하는가? 그녀는 조용히 조금 고개를 기울여 레오의 수다를 들었다. 즉시 도망가자. 하지만…. 내가 여기 가만히 앉아서 조용히 있는 편이 아마 더 현명할 것이다. 레오가 아델레에게 춤추기를 청했다. 나는 클라라의 시선을 피했다. 그녀는 내 맞은편에 앉아 있다. 그녀의 커다란 눈은 마치 질문하듯 나를 꿰뚫어 보고 있다. 나는 갑자기 일어나서 어떤 미안하다는 말을 꺼내고 화살처럼 화장실로 뛰어 갔다. 벽거울에서 나는 나를 알아차릴 수 없었다. 내 얼굴은 석고처럼 하얗고 내 입술은 떨었다. 클라라는 정말 아무것도 모르는가? 내 속에서 상처, 고통, 두려움이 싸우고 있다. 절대 이런 비슷한 경험이 한 번도 없었다. 차가운 물로 내 얼굴을 씻었다. 내가 돌아왔을 때 아델레와 레오는 벌써 탁자에 앉아 있었다. 그들은 무언가를 대화하고, 그들은 전처럼 말하고 웃었다. 그들의 발은 서로 가까이에 붙어 있지 않은가? 내가 잘 보았는가? 내가 잘못 본 건가? 다행히 우리는 유흥주점에서 오래 있지는 않았다. 레오가 여종업원에게 지불하려고 돈을 꺼낼 때 나도 내 지갑을 꺼내 내 위스키 값을 냈다. 레오는 모르는 채 살짝 웃었다. 우리는 나갔다. 아델레는 귀엽게 하품하고 여러분 자세를 취해 반복했다.

"오늘 밤은 너무 좋았어요. 오늘 밤은 너무 좋았어요."

나는 그녀에게 뭔가 빈정대듯 말하고 싶었지만 나는 입술을 깨물고 조용했다. 지금 아델레는 마치 나를 알아차리지 못한 듯했다. 아마 우리가 함께 춤을 출 때 나를 조롱하며 웃었다. 아니면 아마 내 등 뒤에서 레오에게 눈짓했다. 나는 힘겹게 기듯 걸었다. 내 발 밑에서 복도는 마치 불에 달궈 진 듯했다. 몇 걸음만 더 가면 조용한 방에 있을 것이다. 나는 그들에게 '안녕히 주무세요.'라고 인사 했는지 안 했는지 기억하지 못한다. 나는 방으로 뛰듯 들어가 문을 닫고 문 뒤에 등을 기댔다. 얼마동안이나 그렇게 있었을까? 아마 한 시간? 사람들이 소리 나게 옆문을 열었다. 밖에 무덤 같은 조용함이 깃들 때 나는 조심스럽게 방에서 나와 호텔을 떠났다. 말없는 하늘에서 달이 도둑처럼 나를 옆으로 보았다. 나는 바닷가를 걸었다. 바다는 우렁찼다. 그리고 그 앞에서 내 모습은 모래 위에 버려진 필요 없고 쓸모없는 어린애 장난감 같았다. 나는 누구인가? 나는 언제, 어디에서, 왜 태어났는가? 운명이 내 아버지로 삼은 어느 단순한 은행원이 올해 얼마간의 돈을 모으는데 성공해서 여기 바다로 아들인 나를 보냈다. 바다를 그 자신은 한 번도 본 적이 없다. 그래서 그는 그의 아들이 적어도 한 번은 삶에서 바닷가에서 여름을 보내길 원했다. 나는 나도 모르게 내 이상한 꿈과 내 방을 망가뜨린 비둘기를 기억했다. 여러 번 비둘기는 말했다.

"더 머물지 말라. 너의 새장에서 더 머물지 말라."

나는 일어났지만 무엇이 나를 기다리는가? 바다인가? 오늘 따뜻한 모래 위에 대머리 남자가 누워 있었다. 그는 바다에 빠졌다. 그 대머리 남자가 나나 내 아버지가 아닌가? 우리 마을에서 우리 아버지는 이미 오래전에 삶의 바닥에서 누워 있지 않았나? 단순한 은행원인 아버지는 역시 법률가가 되고 싶었지만 아마 절대 바다를 보지 못할 것이다. 내 눈에서는 눈물이 흘렀다. 나는 지난번에 언제 울었는지 기억하지 못한다. 아마 몇 년 전에 내가 어렸을 때. 아델레에 관해 울지 않았다. 나는 아버지, 아버지의 조용하고 무채색 인생에 관해 울었다. 뺨 위로 소금기 먹은 바닷바람이 욕심스럽게 내 눈물을 핥았다. 파도가 출렁이고 마치 바다 밑바닥에서 오는 소리처럼 뭔 소리를 나는 들었다. 갑자기 센 반사경이 내 눈을 멀게 했다. 나는 놀라서 멈췄다. 나는 항구에 서 있었다. 그래, 이 밤에 파노브는 여기서 자기 새 작품의 몇 장면을 찍었다. 반사경 둘레에 사람들이 그림자처럼 이리저리 보였다. 누구는 쇠사슬을, 누구는 상자를 운반하고, 누구는 철길을 설치했다.

"이런 참, 이 장난꾸러기는 어디서 나타난 거야."

확성기로 화난 목소리가 소리쳤다. 가만히 피고처럼 빛의 폭포아래 서 있었다. 파노브가 다시 소리쳤다.

"이런, 조금 더 가까이 이 배를. 덴! 더 뜨겁게 이리나에게 키스 해!"

다행스럽게 내가 잘못이 아니었다. 바다에 두 군데에 배가 보였다. 첫 배에는 반사경이 빛나고 분명히 나는 두세 사람 사이에 있는 키 큰 파노브를 보았다. 다른 배에는 몬토바와 필로브가 있었다. 필로브가 몬토바에게 입맞춤 했다.

"이런, 이 장면을 다시 반복해. 덴, 이리나, 신경 써."

나는 내 길을 계속 갔다. 날이 샜다. 수평선에서 잉크 같이 검은 바다를 배경으로 마치 보이지 않는 손이 엷은 자색 줄을 긋는 듯했다. 바다에서 일출은 장엄하다고 말했지만 나는 새 날의 태어남과 오로라를 즐기고 싶은 마음이 없었다. 나는 놀라운 것이 나를 기다리지 않는 내 임시 새장인 호텔 방으로 갔다.

8

Ĝuste je la deka horo vespere mi eniris la hotelan danctrinkejon. Intima obskuro kaj stranga trankvilo regis tie. Sur la malhelblua plafono, similaj al steloj, arĝentis sennombraj lampetoj. De tiu ĉi imita nokta firmamento alflugis softa kaj mistera melodio.

Sur la tabloj rufaj starlampoj lumigis mole la ĉeestantoj; elegantaj viroj kaj virinoj, kiuj kvazaŭ ne konversaciis. Ili observis unu la alian kaj silente drinkis, ĝuantaj la misteran melodion.

Ĉion mi supozis, sed neniam mi pensis, ke en nokta ejo regas silento kiel en preĝejo. En mia adoleska imago, la danctrinkejoj estis "regnoj de bruoj, krioj, frenezaj melodioj... Kie estis ĉi tie la virinoj, nomataj. „noktaj papilioj"? Ĉe la tabloj sidis simpatiaj jumulinoj, kaj verŝajne estus fia kałumnio, se iu nomus eĉ unu el ili „publikulino"

Maltrankvila, scivola mi haltis ĉe la pordo. Miaj brakoj kvazaŭ obstrukcis min, kaj mi ne sciis kiel teni ilin.

Ĉe kvarpersona tablo, proksime al la dancejo,

sidis Klara, Leo kaj Adèle. Adèle surhavis someran ruĝan robon. Nudaj estis ŝiaj alabastraj brakoj kaj dorso. Ankaŭ nun karmina diademo tenis ŝiajn densajn harojn, kiuj libere falis sur la glatajn ŝultrojn. La robo de Klara estis nigra, longa, senmanika. Vasta blanka ŝalo sternis sian nudan dorson. La kostumo de Leo, moda, ĉokoladkolora, bone konvenis al lia bruneta vizaĝo. La plej supra butono de lia flava ĉemizo estis malfermita, kaj ĉerizkolora fulardo volvis lian kolon. Ĝene kaj honteme mi alrigardis mian elfrotitan ĝinzon kaj sportan ĉemizon.

- Ho, Emil, vi jam estas ĉi tie - ekpepis Adèle, kiam mi proksimiĝis al ili.

- Saluton, amiko - afable ekridetis Leo, montrante al mi la liberan seĝon inter Klara kaj Adèle.

Tamen mi ne rapidis eksidi. Ĉivespere mi deziris montri al ili, sed ne nur al ili, precipe al mi mem, ke ankaŭ mi povas esti ĝentila kiel Leo. Ĉivespere mi decidis konduti kiel juna mondumano.

Mi proksimiĝis al Klara, afable mi klinis la kapon, kaj kisis ŝian manon. Al Adèle mi faris same. Klara mire alrigardis min, sed Adèle komencis voĉe ridi. Multaj el la ĉeestantoj scivole turnis kapon al nia tablo. Mian ĝenitlan, sed subitan geston, Adèle akceptis kiel trafa ŝerco. En la silenta danctrinkejo ŝia tinta rido eksonis kiel sonorilo. Miaj oreloj iĝis varmaj, eble ruĝaj kiel flamoj. Mi staris kaj ne sciis kion fari.

- Belan surprizon vi faris al niaj gajaj damoj, Emil. Ni trinku pri ilia sana rido. Cetere, kion vi trinkos? - demandis Leo serioze, kaj tiel li lerte eltiris min el la komika situacio.

- Viskion - ekflustris mi.

Ĉivespere mi nepre devis drinki viskion. Neniam ĝis nun mi gustumis ĉi tiun faman trinkaĵon. Krom tio, ŝajnis al mi ridinde, esti en danctrinkejo kaj ne trinki viskion. Ĉivespere mi devis aspekti vera mondumano.

Leo apenaŭ levis la manon, kaj al nia tablo rapide proksimiĝis juna kelnerino. Ŝia blanka silka bluzo intence preskaŭ ne estis butonita. Konfuzita de ŝiaj allogaj grandaj mamoj, mi ruĝiĝis kiel gimnaziano, kaj nevole klinis la kapon al la planko.

- Kion deziras la sinjoro? dolĉe demandis la kelnerino.

Ŝajnis al mi, ke Leo tuj respondos „vin", sed li ridete alrigardis ŝin kaj supraĵe diris:

- Kvar glasojn da viskio.
– Kia?
- Black and White,
- Tuj, sinjoro - la kelnerino denove prononcis dolĉe, mole la vorton ,,sinjoro" kaj ekridetis al mi.
Nun mi kaŝe alrigardis ŝiajn mamojn, flirtajn kiel du neĝblankaj laroj.
Mi provis forgesi la mokan ridon de Adèle, sed miaj oreloj ankoraŭ varmis. Sur la tablo, antaŭ mi, kuŝis la teneraj manoj de Klara. Kiel sangaj gutoj brilis la lako sur ŝiaj ungoj, kaj mi nevole rememoris la sangan bruston de la savanto, kaj la malaltan kalvan viron, kiu hodiaŭ senmove kuŝis sur la varma sablo. Subite mi eksentis min eta, senvalora, mizera, simila al la povra kalva viro, kiu mem ne sciis kial kaj pro kio mortis.
La juna kelnerino denove aperis kaj ŝi afable metis sur la tablon kvar glasojn da viskio en kiuj naĝis ne tre etaj glacipecetoj.
- Kiu produktas tiujn ĉi glacimontojn? – ironie rimarkis Leo observanta malkontente la glacipecojn en la glasoj.
La kelnerino kokete ekridetis, kvazaŭ nenion aŭdinte, kaj dolĉe ŝi demandis, kion ankoraŭ ni deziras.

- Vi komprenis min, ĉu ne? - seke, sed ĝentile demandis Leo. Liaj nigraj okuloj esploreme fiksis ŝin.

- Pri kio temas, sinjoro? – senkulpe demandis la junulino.

– Temas pri viskio kaj ne pri akvo.

- Mi ne vidas akvon ĉi tie - ŝi diris naive.

- Ĝuste pro tio, vi nun reportos tiujn ĉi kvar glasojn, kaj vi persone esploros kiom da akvo kaj kiom da viskio estas en ili. Poste vi alportos al ni naturan viskion, sen glacio.

Ĉiun vorton Leo prononcis akcentite, mallaŭte, kvazaŭ li enbatus najlojn en trabon. Li aspektis trankvila, sed lia dekstra lipharo tremetis.

- Viskion sen glacio ni ne servas - malafable deklaris la kelnerino.

- Al mi, vi servos, se vi deziras eviti skandalon.

- Leo, kial vi penas malbonigi nian trankvilan vesperon? - ekparolis Klara Esperante.

- Mi mendas kvar glasojn da viskio kaj aparte ujon da glacio - aldonis Leo lakone.

La juna kelnerino senvorte kolektis la glasojn kaj silente foriris.

- Leo, vane vi faris ĉi scenon. Ja, vi ne estas infano kaj bone vi scias, kian viskion oni servas en restoracioj, drinkejoj, kafejoj. Nun ŝi alportos

al vi viskion sen glacio, sed ĝi estos lerte diluita per akvo, kaj tiam kaj la efekto kaj la trinkaĵo estos samaj - ironie emfazis Klara, kaj ŝi klarigis al mi kaj Adèle, ke somere la pli etajn restoraciojn kaj hotelajn danctrinkejojn la ŝtato luigas al privatuloj, kies sola celo estas facila, rapida kaj granda profito. Tial la glasoj da viskio entenis solidajn glacipecojn, aŭ, glacimontojn" kiel diris Leo.
- Al tiu stultulino, kies edzo eble posedas la danctrinkejon, mi nur deziris montri, ke mi ne estas tiel naiva kia verŝajne mi aspektas, kaj ŝia malfermita bluzo tute ne povas blindigi min kiel blindigas ekzemple la stultulojn ĉe la najbaraj tabloj. - Leo provis sprite kaj ŝerce diri tiujn vortojn, sed en liaj nigraj okuloj ankoraŭ briletis fajreroj.
Subite de la proksima najbara tablo ekstaris juna, altstatura viro, kiu ĝis nun dorse sidis al ni, kaj li senceremonie, ruzridete alparolis Leon:
- Vi eraras, kara doktoro. Unue; la kelnering ne estas edzino de la posedanto, ĉar mi bone konas ŝin, due; ĉe la najbaraj tabloj ne sidas stultuloj, kaj trie; vi vere estas pli naiva ol vi aspektas.
- Ho, Aleks, de kie vi aperis, diablo? - ekkriis

Leo surprizita.
- De tiu ĉi ĉielo mi falis – kaj la viro levis rigardon al la plafono. – Tamen vi pli bone rimarkas la glacipecetojn en la viskio, ol la homojn kiuj sidas ĉi tie.
- Eble mi ne kutimas subaŭskulti fremdajn paroladojn kaj ŝovi nazon en alies vazon - diris Leo pikeme.
- Mem vi altrudis al mi vian sencelan disputon kun tiu senkulpa estaĵo - rimarkis la nekonata viro. - Sidante dorse mi surprizite konstatis ke la severa, kolera voĉo apartenas al mia iama, silentema kaj timema samklasano Leo - kaj la viro faris komikan mienon por montri kiel humile kondutis Leo kiam li estis lernanto.
- Ho, diablo, ĝuste vi ne rajtas aserti, ke iam mi estis timema, ĉar ofte vi revenis hejmen kun disŝiritaj kolumoj - ekridetis Leo.
- Tamen ankaŭ mi havas kelkajn rememorojn pri viaj disŝiritaj kolumoj, kaj ne rapidu prezenti vin antaŭ la ĉarmaj fraŭlinoj, kiel iaman gimnazian bravulon – ŝerce reagis la nekonata viro.
Li estis alta, largŝultra, kun nigraj lipharoj, barbo, kaj helbluaj okuloj. Liaj malviglaj, malrapidaj movoj aludis pri flegmeco, kaj de la

unua momento li aspektis por mi kiel granda simpatia ursego, Oni povis rimarki, ke li ne tre oportune sentas sin en sia eleganta helverda kostumo. Lian dikan kolon ankaŭ volvis silka fulardo, sed karmina. Eble nun la viraj fulardoj estis modaj, ĉar en la danctrinkejo, krom Leo kaj li, ankoraŭ kelkaj viroj havis similajn fulardojn.

- Aleks, permesu, ke mi prezentu al vi mian edzinon Klara, nian francan amikinon Adèle, kaj nian amikon Emil – kaj Leo konatigis nin kun sia amiko. – Tiu estas Aleks Panov, iama mia samklasano kaj fama nuna filmreĝisoro.

Klara scivole alrigardis Alekson. Mi ankaŭ restis surprizita. Antaŭ jaro mi spektis lian filmon „Amiko, adiaŭ". La filmo plaĉis al mi, Panov apartenis al la modernaj kaj talentaj filmreĝisoroj, sed neniam mi supozis, ke li estas tiel juna.

Dume Panov alportis sian seĝon de la najbara tablo, kaj oportune sidis apud Leo. Evidente ili delonge ne renkontiĝis, kaj nun Panov eble volis iomete babili kun sia iama samklasano.

– He, doktoro, mi eĉ ne sonĝis, ke ni renkontiĝos ĉi tie. Eble dek jarojn ni ne vidis unu la alian. Nun kie vi laboras?

– En la Universitata Kliniko – respondis Leo lakone.

– Kaj pri kiaj malsanoj vi okupiĝas?

- Pri la koraj.

- Aha, vi estas fakulo pri la amo, ja ankaŭ ĝi apartenas al la kormalsanoj.

Evidente Leo tute ne havis emon paroli pri sia laboro, sed la babilema reĝisoro ne ĉesis babili.

- Jam en la gimnazio vi estis vera profesoro. Ja, kiam sen kialoj ni forestis de la lernejo, vi ŝteladis de via patro medicinajn blanketojn kaj vi lerte skribis por ni falsajn atestilojn – la reĝisoro ekridetis, alrigardis Klaran kaj mallaŭte daŭrigis: - Imagu, sinjorino, foje tri tagojn mi ne frekventis la lernejon, kaj via edzo donis al mi atestilon, ke oni esploris min pri veneraj malsanoj. Kiam nia klasgvidantino, sinjorino Petkova, tralegis la falsan atestilon, ŝi ruĝiĝis kiel lernantino, komencis balbuti kaj tuj ŝi forstrekis ĉiujn miajn forestojn – la reĝisoro base ekridegis. Adèle scivole alrigardis lin, ĉar ŝi nenion komprenis, kaj Klara nur apenaŭ ekridetis.

- Kaj vi, kion vi faras ĉi tie, diablo? - demandis Leo, verŝajne por ke li evitu la stultajn rememorojn de sia iama samklasano.

– Tage mi ĝuas la maron, nokte – la danctrinkejojn, kaj intertempe mi faras novan filmon. „Foraj bordoj" estas ĝia provizora titolo. Ĉe la najbara tablo sidas Irina Montova kaj Den Filov, ĉu vi vidas ilin? Ili ludas la du ĉefrolojn en mia filmo - Panov emfazis la vorton „mia" kaj alrigardis al Montova kaj Filov.
Ili estis konataj popularaj aktoroj, kaj eble Panov deziris aludi, ke se ili ludas en lia filmo, tio signifas, ke la filmo nepre havos sukceson.
Nun la unuan fojon mi vidis Montovan tiel proksime. Ŝi estis vere alloga virino, sed ĉi tie ŝi aspektis pli maljuna ol en la filmoj en kiuj ŝi ludis. Ŝiaj aristokratecaj lipoj kaj grandaj verdaj okuloj eligis imperativecon. Mi rimarkis, ke kelkaj viroj ofte-oftege ĵetas multsignifajn rigardojn al ŝia tablo, sed Montova kvazaŭ neniun alian vidis krom Filov, kiu sidis antaŭ ŝi.
Apud ŝi Filov aspektis kiel knabo, malgraŭ ke li eble jam aĝis dudek jarojn. En la filmoj, liaj senkulpa vizaĝo kaj viglaj olivaj okuloj sorĉis la knabinojn. Nun li estis modeste vestita, per blanka ĝinzo, marista bluzo, kaj se oni ne konis lin, neniu supozus, ke li estas unu el la plej alte pagataj aktoroj.
Evidente la scivolaj rigardoj de la ĉeestantoj

ĝenis lin, sed verŝajne li devis sidi ĉi tie por ne ofendi Montovan aŭ Panovon.
Mi ege deziris ekscii en tiu ĉi momento, pri kio Filov konversacias kun Montova. Pli ĝuste Montova parolis kaj Filov enue aŭskultis ŝin, sed li provis kaŝi la enuon per sia sincera knaba rideto. Montova ne rimarkis la enuon aŭ distrecon de Filov, kaj ŝi daŭre babilis.
De tempo al tempo Filov ĵetis rigardon al nia tablo, sed mi ne komprenis ĉu li rigardas Panovon aŭ Adèle.
Aŭ povas esti, ke ankaŭ Adèle rimarkis Den Filovon, kaj eble foje aŭ du ŝi supraĵe respondis al liaj insistaj rigardoj. Fakte Adèle enuis. Ŝi eĉ vorton ne komprenis el la vigla, bulgarlingva babilado inter Leo kaj Aleks. Kaj Leo, kiu ĉiam ĉion precize tradukis al Adèle, nun eĉ forgesis klarigi al ŝi kiu estas Aleks. Tamen la reĝisoro ne restis indiferenta al la ĉarmo de Adèle, kaj eble li serĉis pretekston alparoli ŝin.
Kiam la juna kelnerino denove alportis la trinkaĵon, kaj apartan ujon da glacipecetoj, Leo mendis ankoraŭ unu glason da viskio por sia iama samklasano.
Ĉifoje la kelnerino mirinde rapide servis la viskion al la reĝisoro. Verŝajne ili vere bone

konis unu la alian, ĉar la reĝisoro amikece okulumis al ŝi. Poste li levis sian glason kaj afable turnis sin al Klara kaj Adèle.
- Unue mi deziras trinki je via sano kaj ĉarmo, karaj sinjorinoj, kaj je nia malnova amikeco, Leo – li diris solene.
Ni ĉiuj tintigis la glasojn unu kun la alia.
- Kiel vi fartas ĉi tie, fraulino? - demandis la filmreĝisoro, kaj kiel sperta amindumanto li fiksis Adèle per sia hela karesa rigardo.
Al lia rigardo Adèle respondis per silenta rideto, sed la demandon ŝi tute ne komprenis. Nun Leo subite rememoris, ke jam duonhoron li eĉ vorton ne tradukis al Adèle, kaj iome konfuzite li interpretis Esperante la demandon de Aleks.
- Dankon, sinjoro, mi fartas bone. Belega estas la marbordo - respondis Adèle, kaj flirtaj briloj ekludis en ŝiaj verdbluaj okuloj.
Leo tradukis la respondon bulgaren, sed la reĝisoro strange, silente, alrigardis lin.
- Diru, doktoro, kian lingvon vi parolas? Iam mi lernis la francan... Tamen ĉu vi parolas la italan, aŭ la hispanan?
- Ni parolas Esperanton – respondis Leo.
La reĝisoro kvazaŭ ĉion alian atendis, sed eble ne tion. Voĉe, base li ekridegis.

- Esperanto! Ĉu tiu lingvo ankoraŭ ekzistas? Ĉu estas homoj, kiuj parolas ĝin?
Liaj demandoj kaj lia ridego kiel abeloj pikis Leon, sed li provis resti trankvila.
- Se ni parolas tiun ĉi lingvon, tio signifas, ke ĝi ekzistas - respondis Leo.
La reĝisoro alrigardis lin mire.
- Ĉu vi ne ŝercas? Ĉu vi vere parolas Esperanton? Sed kial vi, solida doktoro, okupiĝas pri tiu ĉi artefarita lingvo?
- Kaj kial vi okupiĝas pri la kino? Ja, la unuajn filmojn oni moke nomis ombroludoj, kaj neniu supozis, ke iam ankaŭ la kino estos arto.
- Tamen kompari la kinoarton kun lingvo artefarita estas absurdo – reagis la reĝisoro kaj emfazis la vortojn ,,kinoarto" kaj lingvo artefarita" por pli bone montri ilian diferencon.
- Aleks, mi sincere bedaŭras, ke vi havas tiel primitivan imagon pri Esperanto, sed mi donacos al vi iun libron, por ke vi pli bone ekkonu tiun ĉi problemon – diris serioze Leo.
Tamen en la helbluaj okuloj de la reĝisoro ekbrilis ironio, kaj li tiel alrigardis Leon, kiel bonanima patro rigardas sian naivan filon.
- Koran dankon, Leo, sed mi havas sufiĉe da aliaj problemoj,

Por momento ili ambaŭ eksilentis, poste ili komencis paroli pri io alia, sed ilia konversacio iĝis malvigla kaj enua. La reĝisoro demandis kiel Leo konatiĝis kun Adèle, Leo malvolonte respondis, ke pere de Esperanto li konatiĝis kun ŝi, ili korespondis iom da tempo Esperante, pasintjare Klara kaj Leo vizitis Francion, kaj por kelkaj tagoj ili gastis ĉe Adèle kaj ŝiaj gepatroj. Ĉisomere ili invitis Adèle al Bulgario, kaj tiel du semajnojn ankaŭ ili restos ĉe la marbordo.

Iel nesenteble la muziko en la danctrinkejo plifortiĝis. Sur la dancejo, inter la dancantaj paroj, videblis Montova kaj Filov. Filov estis pli malalta ol ŝi, sed tio ne ĝenis ilin. Montova trankvile apogis sian manon sur lia knaba ŝultro. Ŝia vualita rigardo vagis al la malhela plafono, kie similaj al lampiroj briletis la sennombraj lampetoj.
Ŝia longa hararo estis densa kaj nigra kiel nokto, kaj subite min obsedis la sento, ke tiu ĉi alloga virino iel mistere aperis ĉi tie, kaj same mistere ŝi malaperos, kvazaŭ ŝin englutos la silenta nokto ekstere, kaj neniu povus diri kiel ŝi aspektis, kiu ŝi estis. Vere, kiu ŝi estas? Ĉu la vigla juna kuracistino el la filmo „Nur tagon

ĝojo”, aŭ la ĉarma vendistino el la filmo „Estu bona!”, aŭ eble nur alloga ina ombro kiu flustras fremdajn frazojn, fremdajn vortojn.
– Pardonu min, fraŭlinoj, pardonu Leo, jam estas la dekunua horo, kaj post duonhoro mi devos esti ĉe la haveno. Dum tiu ĉi nokton tie ni filmos kelkajn scenoj. Eble miaj kunlaborantoj jam atendas min tie - diris Aleks kaj ekstaris. - Certe ni renkontiĝos denove. Mi estas en la hotelo ,,Laro". Ankoraŭ monaton ni filmos ĉi tie.
- Ĝis revido, Aleks – seke diris Leo.
- Agrablan laboron - aldonis Klara.
La reĝisoro amike ekridetis al Adèle, al mi, kaj iris al la dancejo.
Post kelkaj minutoj Montova, Filov kaj li forlasis la danctrinkejon.
- Ankaŭ en la gimnazio li estis tre memfida - diris Leo, post lia foriro. – Jam tiam li volis fariĝi fama filmreĝisoro, kaj li kondutis tiel kvazaŭ lia estus la tuta mondo.
- Tio signifas, ke li bone sciis, kion li deziris – rimarkis Klara.
- Eble, sed mi ne komprenas liajn pretendemajn filmojn.
- Tamen li havas talenton. Lia pasintjara filmo

„Amiko, adiaŭ" estis sukcesa.
- Jes, ĉar ĝi estis triviala.
- Sed tiam ankaŭ al vi ĝi plaĉis... Kaj pardonu min, Leo, kiai tiel dolore vi ofendiĝas, se iu diras al vi, ke Esperanto ne estas lingvo, aŭ Esperanto ne havas perspektivon?
- Esperanto estas mia lingvo kaj al neniu mi permesos blasfemi ĝin.
- Kiel granda, naiva infano vi estas! Tamen, ĉu vi ne invitos min danci, ja ni ne alvenis ĉi tien por defendi Esperanton.
Leo ekridetis kaj mi ne komprenis, ĉu li serioze aŭ ŝerce diris, ke Esperanto estas lia lingvo. Kiam li ekstaris kaj proksimiĝis al Klara, mi rimarkis, ke sur lia dekstra ringa fingro brilas ora ringo kun verda gemo. Ĉu ĝi estis hazarda? Mi jam delonge rimarkis, ke la malhela rigardo de Leo kvazaŭ ekflamas, kiam li mencias la vorton Esperanto.

La tenera melodio volvis la dancantojn. Sur la fono de la nekonataj fizionomioj, la beduena vizaĝo de Klara kvazaŭ reliefiĝis. Klara ne uzis ŝminkaĵojn, kaj nun ŝiaj vangoj havis feblan rozkoloron. Ŝia eta mano kiel blanka flugilo kuŝis sur la ŝultro de Leo.

La delikata nazo kaj migdalaj okuloj de Klara aludis pri emocia pasia naturo, sed la malhela rigardo kaj ironia rideto kiel ŝildo kaŝis ŝian animon. Tamen en ŝia ironia rideto estis io enigma kiu tiklis mian scivolon. Mi deziris ekscii iom pli pri tiu tridekjara belaspekta virino.

Klara malmulte parolis, sed ŝiaj migdalaj okuloj kvazaŭ spertis legi la pensojn de aliaj. Mi timis, ke delonge jam Klara divenis mian aminklinon al Adèle, kaj per milda ironio Klara observas miajn adoleskajn sopirojn.

Subite mi kvazaŭ vekiĝis el profunda sonĝo kaj mire mi demandis min, kial mi meditas pri Klara, kiam ĉe la tablo, kontraŭ mi, sola kaj silenta sidas Adèle. Ja, de kelkaj tagoj jam, mi atendis tiun momenton, kiam mi sola restos kun Adèle.

Nun ŝi ridete observis min kaj kvazaŭ atendis, ke mi alparolu ŝin, aŭ mi invitu ŝin danci. Diable, tre malofte mi dancis. Nur de tempo al tempo oni organizis dancvesperojn en nia lernejo.

Mi alrigardis Adèle malkuraĝe. Kiel senlimaj maroj lazuris ŝiaj okuloj. Flato, kareso, ruzeco aŭ eble eĉ amo brilis en tiuj du grandaj

verdbluaj okuloj. Io en mia koro ektremis. En miaj brulantaj oreloj ektintis foraj sonoriloj. Ĝis nun mi kredis, ke la homoj parolas nur per vortoj kaj per voĉo. Mi eĉ ne supozis, ke oni povas sidi en plena silento kaj insiste influi al la pensoj kaj sentoj reciproke unu al la alia.
Mi ne komprenis, kial mi ekstaris. Eble la du verdbluaj okuloj ordonis al mi tion. Mia gorĝo sekis kiel fendita tero somere. Miaj piedoj tremis. Sonĝe mi ekpaŝis al ŝi. Ĉu mi diris ion? Verŝajne eĉ sonon mi ne sukcesis eligi. Ŝi ekridetis, kaj ĉi rideto kvazaŭ enverŝis forton en mian koron, flirtantan kiel pasero. Per tiu ĉi ina rideto ŝi kvazaŭ subiĝis al mia volo, kaj nun, la unuan fojon, mi eksentis min viro.
Iel lante kaj longe ni paŝis al la dancejo, kaj kiam mi ĉirkaŭbrakis ŝian nudan dorson, kurento skuis min. Ektremis ankaŭ ŝi. Miaj fingroj ektuŝis ŝiajn ŝultrojn, mia femuro eksentis ŝian glatan femuron. Ŝiaj silkaj haroj ektiklis mian varman vizaĝon. Nun ŝi estis la mia. Por kelkaj minutoj, por kelkaj sekundoj ŝi estis en mia ĉirkaŭbrako. Ebria mi enspiris la siringan odoron de ŝiaj haroj, kaj fingropinte mi karesis la flamantan ŝtofon de ŝia robo. Ŝiaj malmolaj mamoj tanĝis mian bruston.

Dio mia, ĉu ĝis nun mi vere vivis? Kiel rapide kaj senspure forflugis miaj gimnaziaj jaroj! Neniam mi amis. Neniam mi promenis vespere kun knabino, kaj neniun knabinon mi kisis kaŝe: Mi vere vivis en kaĝo, kaj eĉ nun mi ne povis kompreni, kiu kaj kiam fermis min en ĝi? Ĉu miaj gepatroj, kies vivo estis teda kaj glata, ĉu la instruistoj en la gimnazio, kiuj ĉiam, ĉie zorge kontrolis, kiu knabino kun kiu knabo promenas vespere? Aŭ eble mi, vivanta kun libroj kaj revoj, sola fermis min mem?
Mi ne kuraĝis ami. Mi ĉiam pensis, ke iam tio nature okazos. Mi ĉiam kredis en iu malklara fora estonteco, en iu mirakla „morgaŭa" tago. Sed ĉivespere, en tiu ĉi hazarda danctrinkejo, mi subite eksenti, ke nenia ,,moragaŭa" tago ekzistas. Ekzistas nur tiu ĉi sola, nuna momento kaj nur en tiu ĉi momento mi povas esti feliĉa aŭ ne. „Morgaŭa" tago, aŭ estonto estas vana espero, dolĉa trompo. Mi devas vivi nun, en tiu ĉi sola reala momento. Nun mi amis Adèle. Nun mi sentis ŝian spiron, ŝian bruston, nun mi tuŝis ŝian etan genuon. Mi bone sciis, ke ĉi momento malaperos kaj neniam ĝi revenos tia, kia ĝi estas en tiu ĉi vespero, en ĉi tiu danctrinkejo.
Simile al grandega lanta rivero fluis la muziko,

kaj ĝi forportis min por ĉiam. Sed miaj estis Adèle, la mondo, la tuta universo.
- Iam mi volis iĝi baletistino - kvazaŭ al si mem ekflustris Adèle.
Mi silentis. Ankoraŭ iomete mi provis teni la benitan momenton. Mi sciis, ke niaj vortoj forpelos ĝin. Ŝiaj haroj ankoraŭ karesis mian vizaĝon, ŝiaj manoj ankoraŭ kuŝis sur miaj ŝultroj.
- Kial vi diris ‚iam"? – demandis mi.
- Bedaŭrinde jam estas malfrue. Mi deziris fini baletistan lernejon, sed mia patro ne permesis.
- Kial?
- Ĉar mia profesio devas esti pli serioza
- Pri kio temas? - mi ne komprenis.
- Mia patro havas unu solan fabrikon kaj unu solan filinon. La fabriko produktas kosmetikaĵojn, kaj la filino devas esti kemiistino, farmaciistino, aŭ io simila – ŝi klarigis ironie.
- Tio signifas, ke via profesio dependas de la fabriko.
- Jes, ĉar laŭ mia patro, ne la fabrikoj servas al la homoj, sed la homoj servas al la fabrikoj – ŝi diris ridete.
Ni eksilentis, kaj image mi vidis Adèle, vestitan en neĝblanka mantelo. Ŝi staris sola en vasta,

silenta laboratorio, kaj ŝiaj grandaj verdbluaj okuloj estis fridaj, vitraj kiel retortoj kaj provtuboj, ordigitaj sur la longaj bretoj ĉirkaŭ ŝi.

- Adèle... – mi flustris.

Miaj lipoj nevole tanĝis ŝian etan orelon. Mi deziris diri; „ „mi amas vin", sed mi ne trovis kuraĝon.

Adèle gracie turnis sian kapon kaj demande alrigardis min.

- Adèle, mi... ne scias vian familian nomon - mi flustris.

- Adèle Marin – ŝi prononcis dolĉe. - Mi donos al vi mian adreson. Iam nepre vizitu min.

- Iam... – mi ripetis.

Ŝi ne sciis, ke post tiu ĉi efemera somero atendas min longa soldatservo. Eble neniam plu mi vidos ŝin.

Per kio ŝi allogis min; ĉu per sia melodia parolmaniero, aŭ ĉu per siaj lazuraj, senkulpaj okuloj, aŭ eble ĉi tiu somero estis la kaŭzo de mia amo. Tiun ĉi someron, iel malklare, mi eksentis, ke io el mi kvazaŭ forlasas min kaj foraperas kun miaj adoleskaj revoj. Mi sentis, ke, se mi estus vidinta Adèle antaŭ jaro aŭ du, eble ne tiel mi ekamus ŝin kiel nun, ne la sama pasio tirus min al ŝi. Ĉu hazarda estis nia renkontiĝo? Sed ĉio en nia vivo aspektas hazarda. Hazarde ni ekestas, hazarde ni naskiĝas, hazarde ni ekamas. Mi dankis la hazardan momenton, en kiu mi ekvidis Adèle.

La melodio lulis nin kiel en sonĝo. Mi staris kvazaŭ sur la ferdeko de fabela ŝipo, kiu naĝis al nekonata direkto, kaj neniam plu mi revenos en mian silentan naskan urbeton.

Nesenteble, dancante ni proksimiĝis al Klara kaj Leo. Klara ekridetis al ni.

- Tiu estas mia ŝatata melodio – ŝi diris.

Sed mi ne sciis kiu estas tiu ĉi melodio, kaj kiu ĵaztrupo ludis ĝin. Rilate la modernan muzikon, mi estis preskaŭ analfabeto.

Forsonis la lastaj akordoj, kaj ni revenis al la tablo. Ŝajnis al mi, ke mia danco kun Adèle estis mallonga kiel sopiro, kaj senfina kiel senlimo. En mi ankoraŭ ŝvebis pensoj, sentoj, aromoj. Mi kvazaŭ enspiris ankoraŭ la printempan odoron de la silkaj haroj de Adèle, ankoraŭ mi sentis la tanĝon de ŝiaj du malmolaj mamoj, kaj la tuta ĥaoso kiu regis en mi havis nur unu solan nomon - Adèle Marin.

- Emil dancas bonege – anoncis Adèle, sed mi ne komprenis ĉu si serioze aŭ ŝerce diris tion.

Mi stulte ekridetis kaj tuj mi levis la glason da viskio por ke oni ne vidu mian konfuzitan rigardon.
- Ĉi tie mi rimarkis ankoraŭ unu konaton - diris Leo al Klara bulgare. - Li estas kirurgo en nia kliniko, tamen mi devas eviti la renkonton kun li. Li tre enlogite dancis kun nekonata virino, ja liaj edzino kaj infanoj ne estas ĉi tie.
Leo diskrete alrigardis al la dekstra angulo de la danctrinkejo, kie ĉe malproksima tablo sidis alta kvardekjara viro kun neĝblanka hararo. Apud li estis simpatia junulino, kaj malgraŭ ke nek Leo, nek Klara aldonis ion, mi tuj konjektis, ke tiu ĉi junulino apartenas al la noktaj papilioj, kiujn mi scivolis vidi enirante la danctrinkejon.
Eble iom longe mi strabis la blankharulon, ĉar Klara delikate levis sian glason, dirante al mi:
- Je via sano, Emil.
Ŝia aludo kiel knuto vipis min. Mi ruĝiĝis kaj pense mi skoldis min, ke mi estas kaj estos bubo, kiu ne scias kiel decas konduti en societo. Embarasite mi levis la glason, sed mia kubuto tuŝis la apudan alumetskatolon, kiu falis sub la tablon. Tuj mi kliniĝis, prenis ĝin kaj... mi apenaŭ ne renversiĝis de sur la seĝo. La piedo de Adèle estis sur la piedo de Leo!

Eble ĉio okazis tiel rapide, ke Adèle ne sukcesis depreni sian piedon kaj enigi ĝin en la babuŝon, aŭ eble ŝi eĉ ne provis fari tion. Ŝia eta nuda piedo karesis la suron de Leo!
Mi pene levis la alumetskatolon, kvazaŭ ĝi pezus unu tunon, kaj malkuraĝe mi metis ĝin sur la tablon, kvazaŭ bombon mi tenus en mia mano.
Ŝvito rosigis mian frunton kaj miajn polmojn. Leo trankvile konversaciis kun Klara. Eble ili parolis pri la blankhara kirurgo kiu estis ĉi tie sen siaj edzino kaj infanoj. Adèle rigardis al la bufedo.
Nur mi ne sciis kien rigardi. Ĉu al Klara, kiu nenion supozas, ĉu al Leo, kiu sidis neskuebla kiel kondotiero, Aŭ eble mi rigardu Adèle, kies verdbluaj okuloj nun ŝajnis al mi venenaj.
Mi sidis kvazaŭ nuda kontraŭ ili. Iu subtera forto kvazaŭ skuegis la tutan danctrinkejon, kaj ĉimomente la falsa noktĉielo minacis fali kaj frakasi nin.
Disŝiritaj pendis la fadenoj de mia logiko. Kion mi faras ĉi tie?
Mi ne scias kial, sed el mia memoro, kiel el nebulo, lante elnaĝis la ekskurso al Arna. Reen, al la restadejo, la aŭton stiris Klara. Leo sidis

apud ŝi, kaj mi kvazaŭ denove vidis la retrospegulon kaj la okulojn de Leo, kiu gvatis min kaj Adèle.
Ĉu Klara suspektas ion? Ŝi trankvile, iom kapkline, aŭskultis la babilon de Leo.
Mi forkuru tuj, sed... Eble pli saĝe estos, se mi restas ĉi tie, senmova kaj silenta.
Leo invitis Adèle danci. Mi evitas la rigardon de Klara. Ŝi sidas kontraŭ mi, kaj ŝiaj grandaj okuloj kvazaŭ demande traboras min. Mi abrupte ekstaras, elbalbutas ian pardonon kaj sage ekiras al la tualetejo.
En la mura spegulo mi ne povis ekkoni min. Mia vizaĝo gipse blankis, miaj lipoj tremis. Ĉu Klara vere nenion komprenis? En mi baraktis ofendiĝo, doloro, timo. Neniam mi estis en simila situacio. Per malvarma akvo mi lavis la vizaĝon.
Kiam mi revenis, Adèle kaj Leo jam estis ĉe la tablo. Ili konversaciis pri io, ili parolis, ridis, kiel antaŭe.
Ĉu iliaj piedoj ne estis nur proksime unu al alia? Ĉu mi bone vidis? Ĉu mi ne eraris?
Feliĉe ni ne restis longe en la danctrinkejo. Kiam Leo elprenis la monon por pagi al la kelnerino, ankaŭ mi elprenis mian monujon, kaj

mi mem pagis mian viskion. Leo ekridetis ignore.

Ni ekiris. Adèle kokete oscedis kaj multfoje pozeme ripetis:

- Belega estis ĉi vespero! Belega estis ĉi vespero!

Mi deziris diri al ŝi ion sardone, sed mi kunpremis la dentojn kaj silentis. Nun Adèle kvazaŭ ne rimarkis min. Eble, kiam ni kune dancis, ŝi mokridis pri mi, aŭ eble malantaŭ mia dorso, ŝi okulsignis al Leo.

Mi rampis pene, kaj la planko sub miaj piedoj kvazaŭ ardegis. Nur kelkajn paŝojn ankoraŭ, kaj mi estos en la silenta ĉambro.

Mi ne memoras ĉu mi diris al ili „ĝis revido" aŭ ne. Mi enkuris la ĉambron, fermpuŝis la pordon, kaj apogis la dorson al ĝi. Kiom da tempo mi restis tiel? Eble tutan horon. Oni krake ŝlosis la najbarajn pordojn.

Kiam tomba silento ekregis ekstere, mi singarde elŝteliĝis el la ĉambro kaj forlasis la hotelon.

El la muta ĉielo, la luno ŝtele gratis min. Mi paŝis al la bordo. La maro muĝis, kaj antaŭ ĝi, mia silueto similis al infanludilo, nenecesa, senutila, forĵetita sur la sablo.

Ĉu mi estas iu? Mi naskiĝis iam, ie, sed kial? Iu

simpla bankoficisto, kiun la sorto igis mia patro, ĉijare sukcesis kolekti iom da mono kaj sendis min ĉi tien, al la maro. La maron li mem neniam vidis, kaj tial li deziris, ke lia filo, almenaŭ foje en la vivo, somerumu ĉe la maro.
Mi nevole rememoris mian strangan songôn kaj kolombon, kiu detruis mian ĉambron. Multfoje la kolombo diris: „Ne restu plu, ne restu plu en via kaĝo..." Mi eliris, sed kio min atendas? Ĉu la maro? Hodiaŭ sur la varma sablo kuŝis kalva viro. Li dronis en la maro. Ĉu tiu kalva viro ne estis mi aŭ mia patro? Ĉu en nia urbo, mia patro delonge jam ne kuŝas sur la fundo de la vivo? Li, simpla bankoficisto, kiu ankaŭ deziris iĝi juristo, kaj kiu eble neniam vidos la maron.
Miaj okuloj eklarmis. Mi ne memoras, kiam lastfoje mi ploris. Eble antaŭ multaj jaroj, kiam mi estis infano. Ne pri Adèle mi ploris. Mi ploris pri paĉjo, pri lia silenta, senkolora vivo.
Sur miaj vangoj, la sala mara vento avide lekis la larmojn. La ondoj plaŭdis, kaj forajn sonojn mi aŭdis; kvazaŭ voĉojn, kiuj venis el la mara fundo.
Subite, fortaj reflektoroj blindigis min. Mi haltis konsternita. Mi staris apud la haveno. Jes, dum tiu ĉi nokto Panov ĉi tie filmis kelkajn scenojn

por sia nova filmo. Ĉirkaŭ la reflektoroj, homoj vagis kiel ombroj. Iuj portis kablojn, aliaj kestojn, kelkaj muntis relojn...
- Diable, de kie aperis tiu bubo tie? - ekkriis kolera voĉo tra laŭtparolilo.
Senmova, kiel akuzato mi staris sub la lumkaskadoj. Panov ekkriis denove;
- Diable, ankoraŭ iomete proksimigu tiun ĉi boaton. Den, pli pasie kisu Irinan!
Feliĉe, jam ne temis pri mi.
Du boatoj videblis en la maro. En la unua lumis reflektoroj, kaj klare mi vidis la altan figuron de Panov, inter du aŭ tri viroj. En la alia boato estis Montova kaj Filov. Filov kisis Montovan.
- Diable, ni denove ripetu ĉi tiun scenon! Den, Irina, atentu!

Mi daŭrigis mian vojon. Tagiĝis. Horizonte, sur la inka mara fono, kvazaŭ nevidebla mano gratis malvan strion. Oni diras, ke majesta estas la sunleviĝo ĉe la maro, sed mi ne havis deziron ĝui la aŭroron kaj la naskiĝon de la nova tago. Mi ekiris al la hotela ĉambro, al mia provizora kaĝo, kie ne atendis min surprizoj.

9장 루시와 만남

나는 몇 시간이나 잤는지 알지 못했다. 누가 문을 조그맣게 두들겨 나를 깨웠다.
"에밀! 에밀! 거기 있어요?"
아델레의 가락있는 목소리가 나를 흔들었다.
"에밀!"
내가 꿈을 꾸고 있는가 아니면 그녀가 정말 문 뒤에 혼자 있는가. 아마 그녀가 내게 오고 싶어 하는 것 같다.
"에밀!"
"정말 그는 모래사장에 벌써 간 것 같아."
레오의 목소리가 들렸다.
"9시 반이야."
나는 눈을 뜨고 침대에 가만히 누워 있었다. 그들의 발걸음이 긴 복도를 멀리 지나 메아리쳤다. 그들의 발걸음을 나는 벌써 잘 알았다. 레오는 편안하게 조금의 걱정도 없이 걷고, 아델레는 염소처럼 매 순간 깡총깡총 날아갈 듯 걸었다. 클라라는 함께 있지 않거나 아니면 아마 평상시처럼 너무 조용해서 발걸음을 거의 알아차리지 못하게 걸었다. 오직 클라라만 그렇게 부드럽게 걸을 수 있고 걸을 때 긴 머릿결이 마치 가벼운 바람이 그것을 날리듯 조금씩 흔들렸다.
겉으로는 어젯밤에서 아주 긴 시간이 지나갔다. 나는 어제 내가 저녁을 어디서 보냈고 유흥주점에서 정확히 무슨 일이 일어났는지 잘 기억나지 않는다고 믿고 싶을 정도였다. 내가 왜 지금 침대에서 나오지 않았는지 아델레에게 문을 열어 주지 않았는지 이해하지 못한 듯했다. 정말 레오나 아델레가 개인적으로 나를 속상하게 하지 않았다. 그리고 내가 그렇게 순진한가. 정말 아델레가 나같은 시골뜨기를 사랑할 것이라고 나는 상상을 했나. 하지만 그들을 더 생각하고 싶지 않았다. 사소한 가족의 추문에 증인이 되고 싶은 마음이 없었다. 나는 천천히 침대에서 일어나 먼지 쌓인 커튼을 잡아당겼다. 창 다발처럼 햇살이 내 얼굴 위로 갑자기 쏟아져 들어와 잠깐 내 눈을 멀게 했다. 날은 아주 좋았다. 욕실에서 시원한 물 폭포 아래 어떤 장난스런 노랫가락을 휘파람불려고 했다. 나중에 천천히 옷을 입고 방을 조금 정리하고 나와 방문을 잠갔다. 호텔 홀에는 벌써 우리와 거의 친구가 된 문지기만 보였다. 그는 나를 볼 때마다 인사하며 머리를 숙였고 공손하게 문을 열어 주었다. 아마 그는 내가 어느 부자나 고급 관리의 사랑받는 아들이라고 생각했다. 혼자 여기서 휴가를 보낸다고. 그런 그의 행동이 조금 나를 성가시게 했지만 내 아버지가 단순한 은행원이고 지금 처음으로 바닷가에서 휴가중이라고 그에게 설명하고 싶은 의도는 전혀 없었다. 지금도 문지기는 친절하게 내게 인사하고 말했다.

"카네브 부부는 매력적인 프랑스 아가씨와 함께 어제 있었던 모래사장에서 손님을 기다린다고 말했어요."

나는 그들을 찾을 생각은 없었어도 그에게 고맙다고 인사했다. 오전시간에 휴양지는 조용했다. 관광객은 이미 오래

전에 모래사장에 누웠다. 시원한 작은 숲에 감춰진 호텔은 마치 자는듯했다. 어느 호텔은 이삼 층짜리고 기와지붕에 빌라를 닮았다. 어떤 것은 커다란 배처럼 생겼고 어떤 것은 넓은 테라스가 있고 그 위에 파라솔이 놓여있다. 여기에도 역시 작은 나무집이 보였는데 수풀의 토끼처럼 큰 나무 밑에 숨겨 있다. 호텔은 나를 즐겁게 해주는 이상한 이름을 갖고 있었다. '서풍의 입맞춤' '남녘 꿈' '해적선' 어느새 나는 휴양지의 작은 중심지에 이르렀다. 그곳은 조금 넓은 광장이었는데 우체국, 외국인 관광 안내소 몇 개, 오락실, 영화관, 여름용 무대가 딸렸다. 많은 포스터가 내일 바다의 여왕 경연대회를 알렸다. 정말 나는 어디에도 서두르지 않고 그것을 읽어 보려고 어느 포스터 앞에 멈췄다.

'존경하는 관광객 여러분. 7월 27일 아침 10시에 중앙 모래사장에서 가장 매력적인 아가씨 바다의 여왕 경연대회가 열립니다. 국제 배심원 심사위원장은 유명 영화감독 알렉스 파노브이고 바다의 여왕 대상을 시상할 것입니다. 가장 예쁘고 매력적인 아가씨에게. 조직위원회'

다른 포스터는 7월 28일 저녁 9시 바다 깊은 곳에서 포세이돈 신, 모든 바다와 대양의 신이 나온다고 알렸다. 포세이돈 신은 물의 요정과 함께 휴양지에 손님으로 와서 이 행사를 맞이하여 항구에서 거대한 하늘아래 무도회를 열 것이다. 또한 이 광고 밑에 조직위원회라는 단어가 써 있다. 그것은 아마도 휴양지에서 손님 뿐만 아니라 주위의 가정주부에게도 주의를 끌려는 목적이 있다. 여기서 여름을 보내는데 즐겁고 기분 좋게 하도록 애쓰는 두 개 광고는 불가리아어로, 영어로, 독일어로 쓰여 있고 그런 식으로 조직위원회는 외국 사람들을 만족하게 했다고 믿는 듯했다. 여기에 다양한 나라의 말을 들을 수 있고 모든 휴양지는 작은 바벨탑과 같다. 여기서 삶은 마치 멈추지 않는 듯했다. 아침저녁에 그곳은 작은 바퀴처럼 미친 듯 돌아갔다 황금 거미줄처럼 휴양지는 유혹했다. 그래서 호텔은 환상적인 이름을 가진 듯하고 재즈 연주단도 지치지 않고 밤새도록 연주하고 유령 같은 조직위원회는 경연대회, 무도회 사육제를 마련했다. 하지만 이 바벨탑의 소란과 혼동 뒤에 어느 보이지 않는 괴물이 돈을 게걸스럽게 빨아 먹으며 조용히 서 있다. 그리고 바다가 쓰레기를 모래 위로 던지듯 그렇게 휴양지는 인정사정없이 돈이 다 떨어진 관광객들을 내던졌다. 하지만 그 황금 거미줄은 새롭고 새로운 사람들을 끌어당겼다. 나도 모르게 궁금했다. 무의식에 다양하고 번잡하고 화려한 그와 비슷한 삶을 꿈꾸지 않았는지. 그와 비슷한 삶이 나를 행복하게 하는가. 그렇지만 왜 아직 나는 여기 있는가? 나는 여전히 이 어수선하고 헛되고 바보스런 시장에서 무엇을 찾고 있는가? 여기 모든 삶은 거짓이 다스리는 망쳐진 구경거리와 닮지 않았는가? 모든 휴양지는 바다의 넓고 파란 커튼 앞에 있는 꼭두각시 극장 같지 않은가. 그래 여기서 오직 바다만 진실이야. 오직 바다만 어떤 희망이나 아마도 어떤 환상을 주고 있어. 나는 작은 해만으로 갔다. 하늘은 동양의 자수정처럼 파랗고 바다는 거울처럼 매끄럽다. 내가 해만을 둘러싸고 있는 바위 있는 곳에 이르렀을 때 식욕을 돋구는 냄새를 맡았다. 해만에서 누가 생선을 굽는 듯했다. 호기심을 가지고 바위

사이에 난 오솔길로 걸어갔다. 몇 걸음 지나자 열여덟에서 열아홉 살 먹은 남자아이가 혼자 바닷가에 서 있었다. 그 옆에는 커다란 두 개의 돌 사이에 센 불이 타고 있고 검은색 양철판위에 무언가가 구워지고 있다. 때로 남자 아이는 불속에 마른 나무 뿌리, 바닷가에서 직접 주운 모든 나무 부스러기나 썩은 탁자 판대기를 집어넣었다. 해만에는 배도 있었다. 그것은 분명 남자 아이의 것이다. 배는 푸른색으로 그렇게 크진 않지만, 이미 오래전부터 여기 놓인 다른 두 채의 배 옆에서 그것은 방금 색칠한 것처럼 보였다. 남자애가 나를 보고 부르듯 내게 손짓했다. 나는 조용히 불 옆으로 다가갔다.

“조고를 맛보세요. 조고라면 먹을 수 있어요.”

그는 친절하게 권유했다. 이제사 그가 굽는 것이 생선이 아니라 조개임을 알았다.

“힘께 축제해요.”

그는 다정하게 미소 짓는데 강한 이가 에나멜처럼 빛났다. 나도 웃었지만 어떻게 축제하는지 전혀 이해가 되지 않았다.

‘힘께? 오직 나중에.’

나는 추측했다. 여기 있는 모든 사람처럼 방언으로 말해서 번번이 K대신 H라고 발음 한다고. 그래서 함께대신 힘께라고 조개대신 조고라고 들었다.

“이름이 뭔가요?”

그가 물었다.

“에밀이요.”

“나는 루시예요. 하지만 모두 돌고래라고 불러요. 내가 돌고래처럼 수영하니까.”
그가 자랑스럽게 말했다. 강한 햇빛 때문에 그의 긴 머릿결은 짚처럼 누렇고 우뚝 솟은 콧등에는 주근깨가 덕지덕지했다. 그는 아마 나보다 한두 살 어리지만 훨씬 키가 크고 멋진 근육질 몸은 어두운 청동색이었다.
“앉아서 먹어요.”
그는 주인처럼 명령하고 양철판에서 조개를 꺼내 능숙하게 그것을 벌리고 입 안에 빠르게 넣었다. 지금껏 홍합을 먹은 적이 없지만 그를 흉내내서 나도 조개를 벌렸지만 벌리는데 성공하지 못했다.
“아이고, 벌써 조금 벌려진 곳을 잡아야 해요. 혼자 벌려지면 구워져요.”
그는 설명하고 다른 조개를 내게 주었다. 나는 급히 홍합을 그처럼 입에 넣었다. 그리고 영웅처럼 그것을 씹었다. 홍합이 내게 썩 마음에 들지 않았어도.
“맛있지요? 소금을 치면 더 맛있을 텐데…. 외국 사람은 초콜릿처럼 그것을 즐겨요. 나는 아르나의 시장에서 조개를 팔아요.”
“그것이 직업인가요?”
“아니요. 학생이에요. 오직 여름에만 조개를 모으고 생선을 잡아요. 나는 내 형과 함께 이 배를 만들었어요. 배가 없이는 물고기를 잡을 수 없고 잠수도 못 해요.”
“조개를 잡으려고 잠수하나요?”
내가 물었다.
“조개가 그렇게 깊은 곳에 있지 않아요.”
그는 설명하고 수수께끼처럼 나를 곁눈질했다. 그는 잠깐 말을 멈추었다. 그의 시선으로 보아 무언가 중요한 것을 말하려는 것을 느꼈다.

"그럼 무엇 때문에 잠수하나요?"

나는 호기심이 생겼다.

"황금 때문에."

"뭐요?"

"황금."

그는 조그맣게 되풀이했다.

"거기 바위 밑에 황금이 있어요."

그리고 그는 바닷가에서 그렇게 멀리 떨어지지 않고 바다에서 볼 수 있는 검은 바위를 가리켰다.

"어디서 들었어요?"

나는 의심스럽게 물었다.

"나뿐만 아니라 많은 사람이 알아요. 그래서 고고학자들이 거기서 잠수하지 말라고 해요."

그는 자신있게 말했다.

"하지만 나는 몰래 잠수해요."

"그럼 무언가 찾았나요?"

"예, 항아리."

그는 아무도 모르게 조용히 말했다.

"황금으로 가득 차 있었나요?"

"비었어요. 그렇지만, 황금은 이야기가 달라요."

나는 입을 딱 벌리고 그를 곁눈질했다. 그가 거짓말하는가 허풍을 떠는가.

"커다란 황금 기념비 이야기인데요. 헬렌이 여기를 다스릴 때 바닷가 바위 위에 높게 황금 포세이돈 동상을 세웠어요. 그렇지만 아마도 지진 때문에 바위가 무너지고 기념비도 바다에 잠겼어요."

"그건 오직 전설이죠."

내가 냉소적으로 끼어들었다.

"아니요!"

그는 화를 내면 반응했다.

"내가 더 잘 알아요. 이 갑은 언젠가 아주 위험했어요. 그래서 황금 포세이돈이 선원들과 배를 지켰지요. 이웃마을이 황금 포세이돈이라고 이름 부르는 것은 우연이 아닙니다. 가까이에 요새가 있었어요. 여러 물건을 거기서 꺼냈어요. 하지만 황금 포세이돈은 아직 발견되지 않았어요."

그는 꿈꾸듯 바다를 바라보았다.

"많은 사람이 그것을 찾고 있어요. 하지만 언젠가 황금 포세이돈을 오직 나만 찾을 겁니다."

"정말 확신하군요."

내가 살짝 웃었다.

"그래요. 나는 모든 것을 조사했어요. 여기서 바다는 아주 깊어요. 그렇지만 바위가 무너지고 지금 황금 포세이돈은 바위 밑 어딘가에 누워 있어요."

그리고 그는 바닷속 거대한 검은색 바위를 가리켰다. 나는 그의 열정적인 상상에 반박하고 싶지 않아 포기하듯 이렇게 물을 뿐이었다.

"그것을 찾으면 무얼 할 건가요?"

"몰라요. 하지만 아르나의 루시, 즉 내가 황금 포세이돈을 발견했다는 것이 중요해요."

그의 붉은 눈은 마치 빛이 반짝이듯 했고 황금의 먼지부스러기처럼 주근깨가 그의 얼굴에 있었다. 그 낯선 남자아이는 이상한 꿈을 가지고 있었다. 그는 아마 절대 존재하지 않는 아니면 동화에서만 있는 무언가를 찾고 있다. 그렇지만 그는 어린아이처럼 믿었다. 언젠가 꼭 황금 포세이돈을 찾을 거라고.

"일 년 뒤, 성인이 되면 고고학자들이 내게 잠수장비를 줄 거예요. 약속했거든요. 하지만 좋은 친구가 있어야 해요. 친구 없이는 어떤 큰일도 할 수 없거든요."

그는 조용해지더니 난처한 듯 덧붙였다.

"그런데 아무도 나를 믿지 않아요."

나는 속에서 터져나오는 웃음을 참으려고 했다. 이 소년은 남자처럼 강하고 어린이처럼 순진하고 진실하다.

"그래도 우리 조금 수영해요."

그는 손을 흔들었다. 나를 기다리지 않고 바다로 뛰어 들었다. 아니 마치 화살처럼 날아갔다. 소리를 내며 파도속으로 들어가고 은빛 물방울이 튀기며 그의 몸을 적셨다. 돌고래처럼 그는 뛰어들어 파도속으로 깊이 사라졌다. 물의 표면은 잔잔했지만 어디서도 그를 볼 수 없었다. 오직 10m나 12m 뒤에서 바닷가 멀리 그의 누런 머리카락이 있는 머리가 나타났다. 그는 정말 예쁘게 수영하고 잠수하고 돌고래처럼 여기저기 나타났다. 그는 즐겁게 파도와 놀고 정말 그는 바닷가에서보다 바다속에서 더 잘 지내는 것 같다. 조금 주저하며 나는 그를 뒤따랐다. 그는 내가 수영을 잘 못 하는 것을 알아차렸다.

"서두르지 마세요. 그렇게 화내서 치지 마세요. 파도는 성가시게 하지 않아요. 물 흐르듯 손으로 저으세요. 마치 그것들을 어루만지듯."
나는 그의 충고를 따르려고 했다. 정말 파도가 나를 편안하게 가지고 노는 듯했다.
"바위까지 헤엄쳐요."
그가 제안했다. 바위는 그리 가깝지는 않았다. 그렇지만 그와 함께 가면 두렵지 않았다. 우리는 천천히 헤엄쳤다. 나는 내 밑이 얼마나 깊은지 생각을 피했다. 바다는 손바닥처럼 매끈하다. 수평선까지 배도 보트도 보이지 않았다. 오로지 커다란 흰 갈매기들이 넓은 날개를 흔들면서 날카롭고 단조로운 고함으로 침묵을 부수었다.
"어떤 바위냐면 말이죠?"
우리가 검고 따뜻한 돌 위에 섰을 때 그가 말했다. 갑자기 불안감이 그를 장악했다.
"숨기세요! 누가 우리를 볼 수 있으니까."
그는 명령하고 바닷속으로 뛰어들었다.
"그래요. 그들 말에 따르면 여기서 잠수할 순 없어요. 그렇지만 나는 의심하지 않아요."
그 바위 둘레에서 그는 벌써 여러 번 잠수했다.
"매우 깊네요. 그곳은…."
그는 기분 나쁘게 내뱉었다. 몇 번 물에 뛰어든 뒤 그는 바다에서 나왔다. 그리고 내 옆에 앉았다.
"나 혼자서는 도저히 그 무엇도 찾지 못해요."
그는 난처한 듯 덧붙였다.
"지금 몇 시인가요?"
내가 물었다. 정말 그는 내가 황금 포세이돈에 그렇게 흥미를 갖지 않자 상한 듯했다. 그리고 딱딱하게 말했다.

"귀신이 알죠. 아마 바쁘시죠? 하지만 호텔에서 온 거죠?"

"예."

나는 어쩔 수 없이 대답했다.

"분명 돈이 많겠지요?"

그리고 무시하듯 머리에서 발 끝까지 나를 살폈다.

"아니요."

"아니면 아버지가 부자죠?"

"나는 아버지 돈을 먹지 않아요. 나는 일해요."

나는 거짓말 했지만 그의 말이 불쾌하게 나를 찔렀다.

"좋아요. 돌아가요. 여기서 나를 기다려요. 내가 배를 가지고 올게요."

그는 호텔에 있는 사람을 불쌍히 여기는가? 이런 느닷없는 생각에 나는 정신이 멍 했다. 나는 휴양지에서 왔다고 말하지 말았어야 할 텐데. 그는 아마 내가 귀염 받고 돈 많은 장난꾸러기로 여길 것이다. 좋은 농담을 생각해냈다. 바닷가는 멀지 않지만 혼자 수영할 용기가 나는 없었다. 파도가 위협하듯 철썩이고 무수한 갈매기떼가 냉소하듯 날카롭게 까악까악 울었다. 아마 그는 나의 인내심과 용기를 시험하려는 듯했다. 그리고 정말 몇 시간 뒤에만 헤엄칠 것이다. 여기서 나는 잘 보았다. 그가 바닷가에서 얼마나 편안하게 돌아다니는지. 그는 배를 잘 살펴보고 외적으로 전혀 서두르지 않았다. 그렇지만 배를 밀고 그 안에 타서 노를 저었다. 그래, 그는 바위로 노를 저었다. 그가 돌아가지 않고 나를 홀로 여기 두고 간다는 그런 바보 같은 생각이 왜 나를 장악했는지. 얼마 지나 배의 가장자리가 바위에 닿았다. 지금 나는 배의 앞부분 나무판에 커다란 노란 글씨로 '황금의 포세이돈' 이라고 써 있는 것을 알아차렸다.

"들어와요, 배로."

그는 농담하듯 지시했다.

아이고. 이 소년이 나를 이 바위에 혼자 둔다고 왜 생각했을까?

"노를 젓고 싶나요? 해 봐요."

그리고 그는 배의 노 하나를 내게 손으로 건네주었다. 나는 애써 그것을 움직이려고 했다. 금세 나는 땀이 났다. 내 허리, 팔이 아팠다. 태양이 비치고 조용한 낮에 그런 힘센 소년과 함께 끝없는 바다 위에서 노 젓는 것이 상쾌했다. 그의 눈은 꿈꾸듯 빛났고 이 순간 그는 넓은 영지, 바다를 사랑스럽게 살피는 영주 같다.

"자주 무엇을 꿈꾸나요?"

갑자기 그가 물었다.

"왜요?"

나는 이해하지 못 했다.

"나는 자주 이 황금 포세이돈을 꿈꾸니까요. 한 번은 그가 검은 바위 위에 서서 그의 눈이 등대처럼 빛났어요. 한 번은 그가 바다에서 와요. 그는 천천히 파도 위를 걸었어요. 그리고 바람은 그의 긴 황금색 수염을 날리죠. 그의 천둥 같은 소리를 나는 들어요. '나는 바다에 있다. 나는 바다에 있다.' 그리고 자주 무엇을 꿈 꾸나요?"

"하얀 비둘기를."

나는 나도 모르게 고백했다.

"하얀 비둘기? 이상한 꿈이네요. 나는 절대 비둘기를 꿈에 보지 않아요."

그는 살짝 웃고 덧붙였다.

"꿈을 믿는 사람이 있어요. 내 할머니는 꿈으로 미래를 예언한다고 생각해요. 하지만 나는 믿지 않고 단지 꿈을 좋아해요."

어느새 우리는 휴양지에 가까이 왔다. 배에서 나는 분명히 하얀 호텔의 전경, 바닷가 모래사장, 파라솔, 게으르게 모래 위에 누워 있는 사람들을 보았다.

"어느 호텔에 있나요?"

루시가 물었다.

"브리즈 호텔에."

"어디서 쉬는지 잘 아네요."

그가 비꼬듯 알아차렸다.

"내가 도착할 때 오직 거기만 빈 방이 있었어요."

나는 설명하려고 했지만 그는 마치 알아듣지 않는 듯했다. 그는 부두를 쳐다보았다.

"봐요. 내가 부두에 내려줄게요. 좋지요? 나는 바빠요. 아직 오후에 아르나에서 조개와 물고기를 팔아요. 언젠가 아르나에 온다면 꼭 나를 찾으세요. 돌고래가 어디서 사는지 거기 모든 남자아이들은 알아요."

"고마워요."

나는 조그맣게 말했다. 그와 헤어지고 싶지 않았다. 함께 노를 젓는 것이 그렇게 좋았다. 그와 함께 놀라운 황금 포세이돈을 오래도록 찾기를 준비할 텐데. 배가 부두에 가까이 갔다. 그는 강하게 내 손을 쥐었다.

"잘 가세요, 손님!"
"잘 가요, 선장!"
내가 말했다.
"바람이 돛을 밀어 줄 겁니다."
언젠가 나는 어디서 이 선원의 축복을 읽었다. 그는 웃고 노련하게 배를 밀고 다시 노를 저어 갔다. 나는 오래도록 부두에 서 있었다. 조용한 파도가 멀리 배를 데려갔다. 바람 땜분에 그의 황금 머릿결은 깃발처럼 나부꼈다. 그는 재미있는 남자아이이다. 그는 언젠가 황금 포세이돈을 찾으리라고 믿었다. 이 꿈이 어떤 매혹적인 빛남으로 그 눈동자를 비추었다. 정말 이 꿈 때문에 조금 이상하게 보이고 마치 나나 다른 사람이 의미있다고 보는 모든 것이 그에게는 사소하고 무가치하게 여겨졌다.
그의 비현실적인 꿈이 그에게 어떤 힘이나 확실함을 준다고 내게도 보였다.

9

Mi ne sicas kiom da horoj mi dormis, kiam etaj frapoj al la pordo vekis min.

- Emil, Emil, ĉu vi estas ĉi tie?

La melodia voĉo de Adèle skuis min.

- Emil.

Ĉu mi sonĝas, aŭ ŝi vere estas ĉi tie, malantaŭ la pordo, sola? Eble ŝi deziras veni al mi...

- Emil.

– Verŝajne li jam iris al la strando – aŭdiĝis la voĉo de Leo. - Estas la naŭa kaj duono.

Mi fermis okulojn kaj restis senmova en la lito. Iliaj paŝoj foreĥiĝis en la longa koridoro. Iliajn paŝojn mi jam bone konis. Leo iris trankvile, iomete senzorge, Adèle - kapriole, kvazaŭ ĉiumomente forflugonta. Klara ne estis kun ili, aŭ eble kiel ĉiam, ŝi iris tiel silente, ke mi ne perceptis ŝiajn paŝojn. Nur Klara scipovis tiel mole paŝi, kaj kiam ŝi iris, ŝiaj longaj haroj iom flirtiĝis, kvazaŭ leĝera vento blovus ilin.

Ŝajne la hieraŭa vespero jam estis ege malproksime. Mi eĉ deziris kredi, ke mi ne bone memoras, kie mi pasigis la vesperon, kio ĝuste okazis en la danctrinkejo. Kvazaŭ mi eĉ

ne komprenis kial nun mi ne ellitiĝis kaj ne malfermis la pordon al Adèle. Ja, nek Leo, nek Adèle ofendis min persone, kaj ĉu mi estis tiel naiva, kaj vere mi imagis, ke Adèle ekamos min, la nekonatan provinculon. Tamen pensi plu pri ili – mi ne deziris, kaj mi ne havis emon iĝi atestanto de triviala familia skandalo.
Mi pigre ellitiĝis, kuntiris la polvajn kurtenojn, kaj la sunradioj, kiel fasko da lancoj, ĵetitaj subite al mia vizaĝo, blindigis min por momento. La tago estis belega.
En la banejo, sub la friska akvofalo, mi provis ekfajfi iun petolan melodion, poste mi vestiĝis malrapide, ordigis iomete la ĉambron, ŝlosis la pordon kaj foriris.
En la halo de la hotelo videblis nur la pordisto, kun kiu ni jam estis preskaŭ amikoj. Ĉiam, kiam li vidis min, li salute klinis kapon kaj estime malfermadis la pordon antaŭ mi.
Eble li opiniis, ke mi estas dorlotita filo de iu direktoro aŭ altranga oficisto, kaj tial mi ferias sola ĉi tie. Tiu lia konduto iome ĝenis min, sed mi tute ne intencis klarigi al li, ke mia patro estas simpla bankoficisto, kaj nun la unuan fojon mi ferias ĉe la maro.
Ankaŭ nun la pordisto afable salutis min kaj

diris, ke gesinjoroj Kanev kun la ĉarma franca junulino, atendas min sur la strando, tie, kie ni estis hieraŭ. Mi dankis al li, malgraŭ ke mi ne intencis serĉi ilin.

En la antaŭtagmeza horo la restadejo silentis. La ripozantoj jam delonge kuŝis sur la strando. Kaŝitaj en tepidaj boskoj, la hoteloj kvazaŭ dormis.
Iuj el la hoteloj, du-aŭ trietaĝaj, kun tegoltegmentoj, similis al vilaoj, aliaj estis kiel grandaj ŝipoj, kaj tria speco havis vastajn terasojn, sur kiuj buntis sunŝirmiloj. Tie kaj tie videblis ankaŭ lignaj dometoj, kiuj kuŝis sub la altaj arboj, kiel leporoj sub arbustoj. La hoteloj havis strangajn nomojn, kiuj amuzis min; „Zefira Kiso", „Suda Revo", „Pirata Fregato".
Nesenteble mi atingis la malgrandan centron de la restadejo. Ĝi estis iom pli vasta placo, sur kiu troviĝis la poŝtoficejo, kelkaj fremdlandaj vojaĝoficejoj, la kazino, la kinejo, la somera teatro. Multaj afiŝoj anoncis pri la morgaŭa konkurso „Reĝino de la maro". Ja, mi nenien rapidis, kaj mi haltis antaŭ unu afiŝo por tralegi ĝin.

ESTIMATAJ GERIPOZANTOJ

La 27-an de julio, je la deka horo matene, sur la centra strando okazos la konkurso por la plej ĉarma fraŭlino, „Reĝino de la maro". Internacia ĵurio, kies prezidanto estos la konata filmreĝisoro Aleks Panov, aljuĝos la grandan premion „Reĝino de la maro" al la plej bela kaj ĉarma fraŭlino.

La organizantoj

Alia afiŝo anoncis, ke la 28-an de julio, je la dudekunua horo, el la marprofundoj venos Lia Moŝto Pozidono, la reĝo de ĉiuj maroj kaj oceanoj. Lia Moŝto kun siaj nimfoj gastos en la restadejo, kaj okaze de tiu ĉi evento, sur la haveno estos grandioza subĉiela balo.

Ankaŭ sub tiu ĉi anonco staris la vorto „la organizantoj", kiu vorto eble celis atentigi, ke en la restadejo estas ne nur gastoj, sed ankaŭ dommastroj, kiuj zorgas pri la amuzado kaj bonhumoro de ĉiuj kiuj somerumas ĉi tie.

La du afiŝoj estis skribitaj bulgare, angle kaj germane, kaj tiamaniere la organizantoj verŝajne kredis, ke ili kontentigis la eksterlandanojn.

Tamen ĉi tie oni povis aŭdi diverslingvan parolon, kaj la tuta restadejo similis al malgranda Babelo. Ĉi tie la vivo kvazaŭ ne haltis. Matene kaj vespere ĝi freneze rotaciis, simile al ruleto. Kiel ora aranea reto logis la restadejo. Kvazaŭ tial la hoteloj havis fantaziajn nomojn, kvazaŭ tial ĵazaj trupoj senlace ludis dum la tuta nokto, kaj fantomaj organizantoj zorgis pri konkursoj, baloj, karnavaloj.

Tamen, malantaŭ tiu ĉi Babela bruo kaj ĥaoso, silente staris iu nevidebla monstro kiu nesatigeble suĉis monon. Kaj kiel la maro forĵetis la rubaĵojn sur la sablon, tiel same la restadejo senkompate forĵetadis tiujn, kies mono elĉerpiĝos. Sed tiu ora aranea reto allogis novajn kaj novajn personojn.

Nevole mi demandis min, ĉu subkonscie mi ne revis pri simila vivo; varia, brua, luksa? Ĉu simila vivo igus min feliĉa? Tamen kial mi ankoraŭ estas ĉi tie? Kion mi ankoraŭ serĉas en tiu ĉi foiro de la bruo, vanteco, stulteco? Ĉu la tuta vivo ĉi tie ne similas al fuŝa spektaklo en kiu regas falso? Ĉu la tuta restadejo ne estas kiel marioneta teatro antaŭ la vastblua kurteno de la maro?

Jes, ĉi tie nur la maro estas vera. Nur la maro donas iun esperon, aŭ eble iun iluzion.

Mi ekiris al la eta golfo. La ĉielo bluis kiel

orienta ametisto, kaj la maro estis glata kiel spegulo.

Kiam mi atingis ĝis la rokoj, kiuj ĉirkaŭis la golfon, mi ekflaris apetitigan odoron. Iu en la golfo verŝajne fritis fiŝojn.
Scivole mi ekiris sur la pado, inter la rokoj. Post kelkaj paŝoj mi rimarkis dekok-deknaŭjaran knabon kiu sola staris ĉe la bordo. Apud li, inter du pli grandaj ŝtonoj, flamis forta fajro, kaj sur nigra lado rostiĝis io. De tempo al tempo la knabo ĵetis en la fajron sekajn radikojn, lignaĵojn aŭ putrintajn tabuletojn, kiujn li kolektis sur la bordo.
En la golfo mi rimarkis ankaŭ boaton. Ĝi certe apartenis al la knabo. La boato estis ne tre granda, verda, kaj apud la aliaj du boatoj, kiuj jam delonge kuŝis ĉi tie, ĝi aspektis kiel ĵus farbita.
Kiam la knabo rimarkis min, li alvoke svingis manon. Mi silente proksimiĝis al la fajro.
- Gustumu la konkojn, post sehundo ili ehstos pretaj – proponis li afable.
Nun mi vidis, ke ne fiŝojn, sed konkojn li rostas.
- Ni fehstenos hune li ekridetis amike, kaj liaj

fortaj dentoj ekbrilis kiel emajlaj.

Mi ankaŭ ekridis, sed mi tute ne komprenis, kiel ni festenos, ĉu hune? Nur poste mi divenis, ke li, kiel ĉiuj ĉi tie, parolis dialekte, kaj foje-foje, anstataŭ ‚k" li prononcas „h". Tial mi aŭdis „hune" anstataŭ ‚kune" kaj ne „sekundon", sed „sehundon".

- Kiel oni nomas vin? – li demandis.

- Emil.

- Mi ehstas Rusi, sed ĉiuj nomas min Delfeno, ĉar mi naĝas kiel delfeno - li diris ne sen fiero. Pro la forta suno lia longa hararo estis flava kiel pajlo, kaj multaj lentugoj ĉirkaŭis lian stumpnazon. Li eble estis jaron aŭ du pli juna ol mi, sed multe pli alta, kaj lia elasta muskola korpo havis malhelan bronzkoloron.

- Sidu kaj manĝu! – li ordonis dommastre kaj prenis de la lado konkon, kiun li malfermis lerte, kaj rapide li metis la mitulon en la buŝon. Ĝis nun mi neniam manĝis mitulojn, kaj imitante lin, ankaŭ mi prenis konkon, sed mi ne sukcesis malfermi ĝin.

- Hej, prenu el tiuj, kiuj jam iomete malfermiĝis. Se ĝi sola malfermiĝis: ĝi bakiĝis - li klarigis kaj mem donis al mi alikonkon.

Mi rapide ĵetis la mitulon en la buŝon same kiel

li, kaj heroe mi ekmaĉis ĝin, malgraŭ ke la mitulo tute ne plaĉis al mi.
- Bongusta, ĉu? Kun salo pli bongustas. La fremdlandanoj frandas ilin kiel ĉokoladon. Mi vendas konkojn en Arna, en la bazaro,
- Tion vi laboras, ĉu?
- Ne mi lernas. Nur somere mi kolektas konkojn kaj fiŝhaptadas. Mi hun mia frato solaj faris tiun ĉi boaton. Sen boato ne eblas fiŝhaptadi kaj... mergiĝi...
- Ĉu por konkoj vi mergiĝas? – mi demandis.
- La konkoj ne ehstas tre profunde... li klarigis, kaj enigme strabis min.
Li eksilentis por momento, sed de lia rigardo mi eksentis, ke ion gravan li deziras diri.
- Sed por kio vi mergiĝas? - mi scivolis.
- Por oro!
- Kio?
- Oro - li ripetis mallaŭte. - Tie, sub la rokoj ehstas oro - kaj li montris la nigraj rokoj, kiuj videblis en la maro, ne tre fore de la bordo.
- De kie vi scias? - mi demandis suspekte.
- Ne nur mi hscias, multaj hscias, tial la arĥeologoj ne permesas la mergiĝon tie – li diris konfidence. - Tamen mi mergiĝas kaŝe.
– Kaj ĉu vi trovis ion?

-Jes, amforon – li eksiblis konspire.
- Ĉu plenan de oro?
- Malplenan. Sed pri alia oro temas.
Mi gape strabis lin. Ĉu li mensogis aŭ fantaziis?
- Temas pri granda ora monumento. Kiam la helenoj regis ĉi tie, sur la rokoj, sur la bordo, staris alta ora Pozidono, sed ebeble pro tertremo la rokoj falis, kaj la monumento dronis en la maro.
- Tio estas nur legendo - mi intermetis skeptike.
- Ne! – li reagis kolere. - Mi pli bone hscias. Ĉi tiu kabo iam ehstis tre danĝera, kaj la Ora Pozidono protektis la maristojn kaj ŝipojn. Ne hazarde la najbara vilaĝo nomiĝas Ora Pozidono. Eĉ, prohsime ehstis fortikaĵo. Diversajn aĵojn oni elfosis tie, sed la Oran Pozidonon ankoraŭ neniu trovis – li reve alrigardis la maron. - Multaj serĉas ĝin... Tamen nur mi trovos la Oran Pozidonon... iam.
- Kiel certa vi estas - mi ekridetis.
- Jes! Mi ehsploris ĉion. Ĉi tie la maro ehstis tre profunda, sed la rokoj falis, kaj nun la Ora Pozidono kuŝas ie tie, sub la rokoj – kaj li montris al masivaj nigraj rokoj en la maro.
Plu mi ne deziris kontraŭstari al lia pasia

imago, kaj rezigneme mi nur demandis;
– Se vi trovos ĝin, kion vi faros?
- Mi ne hscias, sed gravas tio: ke mi, Rusi el Arna, trovis la Oran Pozidonon.
En liaj helaj okuloj kvazaŭ ekbrilis lumo, kaj estis la lentugoj sur lia vizaĝo. Strangan revon havis tiu nekonata knabo. Li serĉis ion, kio eble ekzistis neniam, aŭ kio estis nur fabelo. Sed li infane kredis, ke iam li nepre trovos la Oran Pozidonon.
- Post jaro, kiam mi plenaĝos, la arĥeologo donos al mi mergiĝekipon. Li promesis. Tamen... bonan amikon mi devas havi. Sen amiko oni nenion grandan povas fari – li eksilentis kaj ĉagrene aldonis; - sed... neniu kredas al mi.
Mi provis kaŝi mian nevolan ridon. Tiu knabo estis forta kiel viro, kaj naivsincera kiel infano.
- Tamen, ni iomete naĝu - li svingis mane, kaj sen atendi min, li ekkuris al la maro, ne, li kvazaŭ ekflugis kiel sago.
Brue li invadis la ondojn, arĝentaj ŝprucgutetoj aspergis lian korpon. Simile al delfeno li eksaltis kaj tute malaperis sub la ondojn.
La surfaco kvietiĝis, sed lin mi nenie vidis. Nur post dek aŭ dekdu metroj, fore de la bordo,

aperis lia flavharara kapo.

Li vere naĝis bele, jen mergiĝis, jen aperis, simile al delfeno. Li ĝoje ludis kun la ondoj, kaj verŝajne li pli bone fartis en la maro, ol sur la bordo.

Iom heziteme, mi postsekvis lin. Li tuj rimarkis, ke mi malbone naĝas.

- Ne hastu! Ne batu tiel furioze! La ondoj vin ne ĝenas, mansvingu flue, kaj kvazaŭ karesu ilin.

Mi provis utiligi liajn konsilojn, kaj ŝajne mi eksentis, ke la ondoj eklulis min trankvile.

- Ni naĝu al la rokoj – li proponis.

La rokoj ne estis tre proksime, sed kun li mi ne timis. Ni naĝis malrapide. Mi evitis pensi pri tio, kia profundo estas sub mi. La maro glatis kiel polmo, kaj ĝis la horizonto nek ŝipo, nek boato videblis. Nur grandaj blankaj laroj svingis vastajn flugilojn kaj rompis la silenton per akraj monotonaj krioj.

- Pri tiuj rokoj temas - li diris kiam ni ekstaris sur la nigraj varmaj ŝtonoj, sed kvazaŭ subita maltrankvilo obsedus lin. – Kaŝu vin, ĉar oni povas vidi nin! – li ordonis kaj plonĝis en la maron.

- Jes, laŭ liaj vortoj, ĉi tie oni ne permesas la

mergiĝon, sed mi ne dubis: ĉirkaŭ tiuj rokoj, li jam multajn fojojn mergiĝis.
- Tre profunde estas... - li elspiris malkontente, kiam post kelkaj plonĝoj, li elnaĝis el la maro kaj eksidis apud mi. – Sola mi neniam trovos ion – li aldonis ĉagrene.
- Kioma horo estas? – mi demandis.
Verŝajne li ofendiĝis, ke mi ne tre interesiĝas pri la Ora Pozidono kaj seke diris;
- Diablo hscias. Eble vi rahpidas? Tamen... ĉu vi alvenis el la restadejo?
- Jes. – mi respondis nevole.
- Vi certe havas multan monon - kaj li trarigardis min ignore de la kapo ĝis la piedoj.
- Ne.
- Aŭ via patro ehstas riĉa?
- Mi ne manĝas patran monon, mi laboras - mi mensogis, sed liaj vortoj malagrable pikis min.
- Bone. Ni revenos. Atendu min ĉi tie. Mi alhportos la boaton.
Ĉu li antipatias la personojn el la restadejo? Tiu ĉi subita penso stuporigis min. Mi ne devus diri ke mi alvenis el la restadejo. Li eble konsideris min dorlotita, riĉa bubo... „Bonan" ŝercon li elpensis!
La bordo ne situis malproksime, sed naĝi sola,

mi ne kuraĝis. La ondoj minace plaŭdis, kaj sennombraj laroj rikane, akre grakis.
Eble li intencis provi mian paciencon aŭ kuraĝon, kaj verŝajne li alnaĝos nur post kelkaj horoj.
De ĉi tie mi bone vidis kiel li jam trankvile vagis sur la bordo, li ĉirkaŭrigardis la boaton, kaj ŝajne li tute ne rapidis.
Sed jen... li puŝis la boaton, eniris ĝin, ekremis... Jes, li remis al la rokoj! Kial min obsedis tiu stulta penso, ke li ne revenos kaj lasos min sola ĉi tie.
Postnelonge la rando de la boato ektuŝis la rokon, kaj nun mi rimarkis, ke sur la steveno, per grandaj flavaj literoj estis skribita: „Ora Pozidono".
- Eniru, maato! – li ordonis ŝerce.
Diable, kial mi ekpensis, ke tiu knabo lasos min sola sur la rokoj?
- Ĉu vi deziras remi? Provu - kaj li enmanigis unu el la reremiloj al mi.
Mi pene ekmovis ĝin. Baldaŭ mi komencis ŝviti, miaj lumbo, brakoj ekdoloris, sed en la suna kaj kvieta tago, agrable estis sidi kun tiu forta knabo kaj remi sur la senlima maro.
Liaj okuloj brilis reve, kaj en tiu ĉi momento li

similis al mastro, kiu observas ame sian vastan bienon - la maron.

– Kion vi kutimas sonĝi? – li demandis subite.

- Kial? – mi ne komprenis.

- Ĉar mi ofte sonĝas tiun Oran Pozidonon. Foje li hstaras sur la nigraj rokoj, kaj liaj okuloj lumas kiel lumturoj. Foje li venas el la maro. Li paŝas lante sur la ondojn, kaj la vento flirtigas lian longan oran barbon. Eĉ lian tondran voĉon mi aŭdas; „Mi ehstas en la maro, mi ehstas en la maro..." Kaj vi, kion vi kutimas sonĝi?

- Blankan kolombon - mi konfesis nevole.

- Blanka kolombo? Stranga sonĝo. Mi neniam sonĝis kolombon – li ekridis kaj aldonis. - Ehstas homoj, kiuj kredas en la sonĝoj. Mia avino pensas, ke pere de la sonĝoj ŝi divenas la ehstonton. Tamen mi ne kredas, mi nur ŝatas sonĝi.

Nesenteble ni proksimiĝis al la restadejo. De la boato mi klare vidis la blankajn hotelfasadojn, la dunan strandon, la sunŝirmilojn, la homojn, kiuj pigre kuŝis sur la sablo.

- En kiu hotelo vi ehstas? – demandis Rusi.

- En „Brizo".

- Vi bone hscias, kie rehsti - li rimarkis ironie.

- Kiam mi alvenis, nur tie estis libera ĉambro mi provis klarigi, sed li kvazaŭ ne aŭdis min. Li rigardis al la kajo.
- Vidu, mi lasos vin sur la kajo. Ĉu bone? Mi rahpidas ankoraŭ hodiaŭ vendi la konkojn kaj fiŝojn en Arna. Se iam vi venus en Arnan, nepre serĉu min. Ĉiu knabo tie hscias, kie loĝas Delfeno.
– Dankon - mi diris obtuze.
Mi ne deziris adiaŭi lin. Tiel bone estis remi kune. Kun li, mi eĉ pretus longe serĉi la mirindan Oran Pozidonon.
La boato proksimiĝis al la kajo. Li premis forte mian manon.
- Ĝis, maato.
- Ĝis revido, kapitano – mi diris. – Ventoj puŝu vian velon - iam mi legis ie tiun ĉi maristan bondeziron.
Li ekridis, lerte puŝis la boaton kaj ekremis reen. Mi longe staris sur la kajo. La kvietaj ondoj forportis malproksimen la boaton. La vento flirtigis lian orhararon kiel flagon. Interesa knabo li estis. Li kredis, ke iam li nepre trovos la Oran Pozidonon, kaj tiu ĉi revo lumigis liajn okulojn per ia sorĉa brilo. Verŝajne pro tiu ĉi revo li aspektis iom stranga, kaj

kvazaŭ ĉio, kio por mi aŭ por aliaj havis sencon, por li estis bagatela kaj senvalora. Eĉ ŝajnis al mi, ke lia nereala revo donas al li ian forton aŭ certecon.

10장　바다의 여왕 선발 대회

나는 가만히 내 호텔 객실 창 옆에 서 있다. 저녁이다. 밖에는 공원에서 나뭇가지의 작은 부스럭거리는 소리조차 들을 만큼 조용하다. 수많은 생각이 나를 사로잡아 나도 모르게 오늘이 꿈인가 현실인가 궁금했다. 아침에 모래사장에서 바다의 여왕 선발 대회가 열렸다. 나는 마치 여전히 시끄러운 장면을 보는 듯했다. 뜨거운 낮에, 시원한 바다에서 수영하는 것보다 가설무대 주변에 밀집해 서 있는 것을 더 좋아하는 호기심 어린 대중을.

몬토바는 노련하게 순서를 진행했다. 하지만 조금 지겨운 듯 미소를 지었다. 파노브는 심사위원장으로서 따분한 듯 탁자에 앉아 자주 흐르는 이마의 땀을 씻었다. 바다의 여왕 첫 참가자는 아마 열여섯에서 열일곱 살이다. 그녀의 브래지어는 너무 작아서 젖가슴의 반이나 보여 주었다. 이 아가씨는 웃으려고 했지만 잘 안 되었다. 정말 처음으로 그런 사람들 앞에 서서 그녀의 눈은 두려워하는 생쥐처럼 움직였다. 심사위원 탁자 앞에서 그의 맨 등을 더 잘 보여주려고 몸을 돌릴 때 그녀는 거의 넘어질 뻔했다. 그녀의 뒤꿈치가 그렇게 높은 신발을 신고 걷는 데 아직 익숙하지 않아서. 아델레는 마치 세상의 모든 남자들이 자기 것인냥 그렇게 무대 위에 나타났다. 자기를 찍는 사진사들에게 손을 흔들기조차 했다. 오래도록 그녀에게 박수를 쳤음에도 아델레는 바다의 여왕이 되지 못했다. 여왕의 왕관은 키 작고 검은 머릿결의 아가씨가 차지했다. 그녀는 연단 위로 파란 욕실 외투를 입고 걸어갔다. 관중이 불만족하며 불평했다. 욕실 외투 때문에 그녀의 몸매가 보이지 않아서. 하지만 검은 머릿결의 아가씨는 배심원 앞에 설 때 감사의 몸짓으로 가벼운 욕실 외투를 벗었다. 모두 조용했다. 그녀의 몸매는 대리석으로 조각한 듯했다. 파노브조차 일어나서 욕실 외투를 들어 아가씨에게 돌려주고 예의바르게 그녀 손에 입맞춤했다. 경연대회가 끝난 뒤 나는 호텔로 갔다. 레오, 클라라, 아델레와 만나고 싶지 않았지만 호텔 카페에서 커피를 마시고 담배를 사려고 들어간 순간 예기치 않게 클라라를 알아봤다. 떠나는 것이 이미 늦었다. 클라라 역시 나를 보고 손을 흔들며 불렀다. 나는 탁자로 가까이 갔다.

"안녕, 에밀! 어떻게 지냈나요?"

그녀가 묻고 탁자 옆자리를 가리켰다. 말없이 가만히 그녀 옆에 앉았다. 나는 레오와 아델레가 어디 있는지 물으려고도 하지 않았다. 하지만 클라라는 내 생각을 추측한 듯했다.

"아델레와 레오는 말 타러 갔어요. 하지만 그런 운동을 나는 좋아하지 않아요."

그녀는 마치 말 타러 가는 단어를 강조하는 듯했다. 비꼬듯 살짝 웃었다. 그녀가 진심으로 그것을 말하는지 아니면 무언가 다른 것을 암시하는지 나는 이해하지 못했다. 그녀는 종업원을 불러 나를 위해 커피를 주문했다. 이 따뜻한 오후에 클라라는 하얀 민소매 윗옷을 입었다. 목 둘레는 부드러운 황금목걸이가 빛났다. 그녀 쳐다보기를 피했다.

조용했다. 그렇지만 클라라는 다시 내게 말을 걸었다.
"어디로 사라졌나요? 어제, 오늘 아침에 우리가 찾았었는데…."
"저도 찾았지만 보지 못했어요."
나는 거짓말했다. 그녀가 나를 쳐다 봐 나도 모르게 탁자로 머리를 숙였다.
"왜 우리를 찾지 못한지 잘 알아요."
클라라가 작게 말했다.
"무슨 말이세요?"
내가 더듬거렸다.
"눈이 모든 것을 말해 줘요. 그들이 말 타러 갔다고 믿지 않네요, 그렇죠?"
나는 커피 값을 치르려고 돈을 꺼냈다. 그런데 그녀가 내 손을 잡았다.
"그만 두세요. 내가 초청했는데…. 부탁하건데 아무것도 보지 않고 아무것도 모른 채 그렇게 행동하세요. 레오는 커다란 아이에요. 불미스러운 일을 하는 것이 필요한가요? 내가 그를 잃으면 내가 그렇게 힘들게 도달한 모든 것을 잃어요. 달리 말해 그도 그녀도 잘못이 없어요. 아마 내가 그를 절대 사랑하지 않거나 아마 내가 사랑한 것이 그가 아니라 그가 가지고 있지만 나는 절대 가지지 않는 무언가 일거예요."
마지막 말을 그녀는 마치 자신에게 하듯 했다. 나는 그 말들을 전혀 이해하지 못했다. 조용히 동전을 탁자 위에 두고 일어섰다. 문 앞에서 나도 모르게 고개를 돌렸다. 빈 탁자와 카페에 있는 소수의 사람 사이에 클라라는 잊혀진 하얀 장미 같았다. 방에서 나는 열린 창 옆에 가만히 서 있다. 오래도록 실제 무슨 일이 일어났는지 알 수 없었다. 밖에 밤은 조용히 도둑처럼 바다를 삼켰다. 마치 여전히 클라라의 어두운 큰 눈이 나를 보는 듯했다. 그 눈 속에 고통이 보였는가? 아니다. 그 눈은 깊은 호수처럼 편안했고 잔잔했다. 정말 클라라는 오래전부터 레오와 아델레 사이의 희롱을 눈치챘다. 정말로 클라라는 아르나의 시장에서 아니면 훨씬 더 빨리 알아챘다. 그녀는 아마 그것을 오직 여자만 눈치챌 수 있을만큼 순간적인 시선으로 우연한 말이나 행동으로 짐작했다. 하지만 클라라는 무언가를 알거나 짐작한다고 어떤 행동도 보이지 않았다. 이 순간 클라라가 나와 매우 닮은 가족처럼 느껴졌다. 가족은 모든 삶을 어린이에게 신경쓰며 감정을 숨긴다. 가족은 바람이나 성가심을 드러내지 않으려고 다른 사람의 눈을 보는 것을 피한다. 그런 가족에서 부모들은 힘겹게 어린이의 꿈을 실현시킬 수 있다. 거기서 어린이들이 오래도록 자기 꿈을 돌본다. 거기서 어린이들은 홀로 성장한다. 숲의 꽃처럼. 그리고 오직 책에서 그들은 자신의 수 없는 질문에 대한 답을 찾는다. 하얀 교복 깃을 한 채 손에 학교 가방을 든 16살의 여학생 모습을 상상하며 클라라를 쳐다보았다. 마치 해의 반짝임 같이 그녀의 어둔 눈에서 빛이 나왔다. 나는 클라라의 더 정확히 말하면 예전 여자 어린아이의 갑작스러운 고통을 느꼈다. 방에는 침묵이 감쌌다. 그렇지만 나는 마치 다시 클라라의 작은 목소리를 듣는 듯 했다.

"불미스러운 일을 하는 것이 필요한가요? 내가 그를 잃으면 내가 그렇게 힘들게 도달한 모든 것을 잃어요."

10

Mi senmova staris ĉe la fenestro de mia hotela ĉambro. Vesperiĝis. Ekstere estis tia silento, ke mi eĉ aŭdis la etan krakon de la branĉoj en la parko.

Sennombraj pensoj obsedis min, kaj nevole mi demandis min, ĉu la hodiaŭa tago estis sonĝo aŭ realo? Matene, sur la strando, okazis la konkurso „reĝino de la maro". Mi kvazaŭ ankoraŭ vidis la bruan kaj scivolan homamason, kiu en la varmega tago preferis dense stari ĉirkaŭ la provizora podio, ol naĝi en la friska maro.

Montova lerte gvidis la programon, sed iom tede ŝi ridetis. Panov, la prezidanto de la ĵurio, enue sidis ĉe la tablo, kaj ofte, viŝis sian ŝvitan frunton.

La unua kandidatino por la Reĝino de la maro, eble estis dekses-deksepjara. Ŝia mamzono tiel mallarĝis, ke ĝi duone montris ŝiajn akrajn adoleskajn mamojn. Tiu ĉi junulino vane provis ekrideti, verŝajne ŝi la unuan fojon aperis antaŭ tiom da personoj, kaj ŝiaj okuloj moviĝis kiel la okuletoj de timigita museto. Antaŭ la tablo de la ĵurio, kiam la junulino turnis sin por pli bone montri sian nudan dorson, ŝi preskaŭ falis, ĉar verŝajne ŝi ankoraŭ ne spertis paŝi kun ŝuoj, kies kalkanumoj estis tiel altaj. Tondra rido forpelis tiun povran junulinon.

Adèle aperis sur la scenejo tiel, kvazaŭ ĉiuj viroj de la mondo estas ŝiaj. Ŝi eĉ svingis manon al la fotistoj kiuj fotis ŝin, kaj malgraŭ ke oni longe ŝin aplaŭdis, Adèle ne iĝis la Reĝino de la maro.

La reĝinan kronon gajnis malalta, nigrahara junulino, kiu enpaŝis sur la podion en blua banmantelo. La publiko ekgrumblis malkontente, ĉar pro la banmantelo ŝia korpo ne videblis, sed kiam la nigraharulino ekstaris antaŭ la ĵurio, kaj per efekta gesto demetis la malpezan banmantelon, ĉiuj eksilentis. Ŝia korpo estis kvazaŭ skulptita el marmoro.

Eĉ mem Panov ekstaris, levis la banmantelon, donis ĝin al la junulino, kaj galante kisis ŝian manon.

Post la fino de la konkurso mi ekiris al la hotelo. Kun Leo, Klara kaj Adèle mi ne volis renkontiĝi, sed en la kafejo de la hotelo, kien mi eniris por trinki kafon kaj aĉeti cigaredojn, neatendite mi rimarkis Klaran. Foriri estis jam malfrue, Klara ankaŭ rimarkis min kaj alvokis min mansvinge.

Mi proksimiĝis al la tablo.

- Saluton, Emil, kiel vi fartas? – ŝi demandis kaj montris al mi la apudan seĝon ĉe la tablo.

Senvorte kaj senmove mi sidiĝis apud ŝi. Mi ne intencis eĉ demandi kie estas Leo kaj Adèle, tamen Klara kvazaŭ divenis miajn pensojn.

- Adèle kaj Leo iris rajdi, sed tiun sporton mi ne ŝatas – ŝi kvazaŭ emfazis la vorton „rajdi", ironie ekridetis, kaj mi ne komprenis, ĉu ŝi serioze diris tion, aŭ pri io alia ŝi aludis.

Ŝi alvokis la kelneron kaj mendis kafon ankaŭ por mi. En tiu ĉi varmeta posttagmezo Klara surhavis blankan, senmanikan robon. Ĉirkaŭ ŝia kolo brilis tenera ora koliero. Mi evitis alrigardi ŝin, kaj mi silentis, sed ŝi denove alparolis min;

- Kie vi malaperis? Kaj hieraŭ, kaj hodiaŭ matene ni serĉis vin.

- Ankaŭ mi serĉis vin, sed... mi ne trovis vin – mi mensogis.

Ŝi tiel alrigardis min, ke mi nevole klinis kapon al la tablo.

- Mi bone scias, kial vi ne trovis nin - mallaŭte si diris.

- Pri kio temas? - mi murmuris.

- Viaj okuloj diras ĉion... Nun vi ne kredas, ke ili iris rajdi, ĉu ne?
Mi elprenis monon por pagi la kafon, sed ŝi ektuŝis mian manon.
- Lasu. Mi invitis vin... Kaj mi petas vin, kondutu tiel, kvazaŭ vi nenion vidis kaj nenion scias. Leo estas granda infano. Ĉu necesas fari skandalon... Mi perdus lin kaj ĉion, kion mi atingis tiel malfacile. Cetere nek ŝi, nek li kulpas... Eble mi neniam amis lin, aŭ eble mi amis ne lin, sed ion, kion li posedis kaj mi neniam havis...
La lastajn vortojn ŝi kvazaŭ diris al si mem, kaj mi tute ne komprenis ilin. Silente mi metis la monerojn sur la tablon kaj ekstaris.
Antaŭ la pordo mi nevole turnis min. Inter la malplenaj tabloj kaj malmultaj homoj en la kafejo, Klara estis kiel forgesita blanka rozo.

En la ĉambro, mi senmove staris ĉe la malfermita fenestro, kaj longe mi ne povis konscii, kio fakte okazis.
Ekstere la nokto silente kaj rabe forglutis la maron. Kvazaŭ ankoraŭ rigardis min la grandaj malhelaj okuloj de Klara. Ĉu en ili videblis doloro? Ne. Ili estis trankvilaj, senmovaj, kiel du

profundaj lagoj.
Verŝajne Klara delonge rimarkis la flirton inter Leo kaj Adèle. Verŝajne Klara eksentis ĝin ankoraŭ en la bazaro de Arna, aŭ multe pli frue. Eble Klara konjektis pri ĝi tiel, kiel nur virino povas konjekti pri tio; nur de momenta rigardo, de hazarda vorto aŭ gesto sed Klara per nenio montris, ke ŝi scias aŭ supozas ion.
En tiu ĉi momento ekŝajnis al mi, ke Klara devenas de famimilio, kiu tre similas al la mia. Familio, en kiu tutan vivon oni sugestas al la infanoj zorge kaŝi siajn sentojn, familio, kie oni evitas rigardi en la okulojn de aliaj por ke oni ne malkovru tie sopirojn kaj ĉagrenojn. En tiuj familioj la gepatroj malfacile povas realigi la infanajn dezirojn, kaj tie la infanoj longe vartas siajn revojn. Tie la infanoj kreskas solaj, simile al arbaraj floroj, kaj nur en la libroj ili serĉas la respondojn de siaj sennombraj demandoj.
Image mi vidis Klaran kiel deksesjaran lernantinon, kun blanka kolumo kaj lernosako en la mano. Kvazaŭ sunaj briloj radiis el ŝiaj malhelaj okuloj, kaj mi eksentis subitan doloron pri Klara, pli ĝuste pri la knabino, kiu ŝi estis iam.
En la ĉambro regis silento, sed mi kvazaŭ

denove aŭdis la mallaŭtan voĉon de Klara: „Ĉu necesas fari skandalon... Mi perdos lin, kaj ĉion, kion mi atingis tiel malfacile."

11장 포세이돈의 축제

거의 온종일 나는 해만에서 지냈다. 파도는 철썩였다. 나는 가만히 검은 바위를 쳐다보았다. 사람의 정신은 이상하다. 전에 나는 이 바위를 인식하지도 못했지만, 루시가 내게 그것 둘레에서나 그 아래 황금 포세이돈이 누워 있다고 말했을 때 이 바위가 내게 신비롭게 되었다. 얼마나 기적인가. 정말 커다란 황금 비석이 여기 어딘가에 누워 있다면, 수백년 뒤 그것을 발견할 수 있다면. 하지만 이 전설을 믿지 않았다. 오래도록 벌써 나는 전설이나 동화를 믿는 나이가 지났다. 바다는 넓은 비단 천처럼 바람에 의해 주름진 모습이다. 갑자기 나는 아마 이 여름이 처음이 아니라 마지막이라고 느꼈다. 그것은 내 청소년기의 마지막 여름이었다. 이 여름에 나는 고등학교를 마쳤다. 내 뒤에는 시골 도시에서 조용하고 단조로운 생활을 한 고등학생 시절이 남았다. 거기서 모든 것은 분명하고 알려졌다. 그렇지만 내 앞에는 무엇이 있을까? 내 앞의 인생은 바다처럼 나를 두렵게 하고 끌어당겼다. 정말 누구도 언제 조용한 파도가 갑자기 성내고 무거운 구름이 소용돌이치는 공간을 뒤덮는지 알 수 없을 것이다. 나는 이상한 꿈을 기억했다. 하얀 비둘기가 고집스럽게 꾹꾹 거린 '더 머물지 말라! 네 새장에서 더 머물지 말라' 아마 나는 벌써 내 어릴 적 그리고 청소년기의 새장을 부수었다. 하지만 그때 나는 믿을 수 있었다. 전설에서, 놀라운 황금 포세이돈을 나는 믿을 수 있었다. 어떤 국제어가 사람들을 연결할 수 있다. 모든 사람은 진실하고 진지하다고. 그리고 지금 아직도 믿고 있는가? 역시 나는 어떤 황금 포세이돈을 생각해서 찾으려고 하지 않는가? 우리 온 인생은 어떤 허구의 황금 포세이돈을 찾는 건 아닌가? 술집에서 본 집시는 바이올린 연주에서 그런 황금 포세이돈을 찾지 않는가? 레오는 에스페란토에서 그것을 찾지 않는가? 파노브는 자신이 찍는 영화에서 그것을 찾지 않는가? 그렇지만 이 신비로운 황금 포세이돈을 정확히 어디서 찾는지 아니면 아마 그것은 우리 자신 안에 있을지 아무도 모른다. 그것이 루시의 밝은 눈에서 아니면 집시의 편안한 눈에서 빛나는 것을 내가 보지는 않았는가? 내 앞의 바다는 거울처럼 매끈하지만 감히 혼자 검은 바위까지 수영할 용기가 없다. 나는 역시 오늘 루시는 올 것이고 우리는 조금 수다를 떨 수 있으리라고 짐작했다. 그렇지만 종일토록 그는 오지 않았다. 한 번은 자주 바다의 표면이 잔잔할 때 그 깊음에는 위험한 파도가 있다고, 선원들은 그것을 죽음의 파도라고 부른다는 것을 내가 들었다. 아마 그래서 루시는 오늘 안 왔다. 사람들이 말하길 죽음의 파도가 있을 때 아주 노련한 선원이라도 수영할 수 없다. 수면 아래의 파도가 그를 바닷가에서 아주 멀리 끌고 가기에. 저녁 9시에 포세이돈의 축제가 시작되었다. 항구는 소란스러웠다. 마치 모든 휴양객이 빠짐없이 바다의 왕과 그의 요정을 보려고 여기에 왔다. 흥분한 고함, 웃음, 말 속에서 사람들은 다시 구경과 즐거움에 채울 수 없는 목마름을 느낄 수 있다. 수많은 사람 사이에 오직 잠깐 클라라, 레오, 아델레를 보았지만 급히 나를 숨겼다. 나는 포세이돈의 축제가 어떨지 상상할 수 없다. 나 역시 참을 수 없이 바다의 왕을 기다렸다고 고백해야 한다. 저녁은 바람 없이 따뜻했다. 하늘에는 호기심 어린 눈동자처럼 별이 반짝거렸다. 배가 들어온다. 누가 갑자기 소리쳤다. 본능적으로 나는 바다를 보았다. 항구로 천천히 순양함이 다가왔다. 그돛에는 여러 색깔의 전구로 된 화관(花冠)이 빛나고 있다. 대다수 사람이 인사하듯 소리쳤다.
놀랄만한 동화에서처럼 순양함은 천천히 가까이 다가와 시끄럽게 정박하고 거기서 구식 총, 권총, 단검으로 무장하고 손에는 불꽃이 번쩍거리는 횃불을 든 해적들이 뛰어 나왔다.
"길을 터라! 포세이돈 왕을 위해 길을 터라!"
해적들은 군중속에 커다란 통로를 만들면서 소리쳤다. 장엄하게 천천히 많은 요정과 함께 순양함에서 포세이돈이 스스로 내렸다. 그는 해초로 만든 무성한 수염을 달고 푸른 머리카락 위에는 커다란 왕관이 놓여 있다. 해초는 반쯤 벗은 요정의 긴 머리카락에도 있었다. 내가 보기에 요정 중 몇 명은 바다의 여왕 경연대회에 참가한 사람이거나 아마 유흥주점에서 본 것 같았다. 그렇다. 그들 사이에 그제 경연대회에서 자기 맨 등을 배심원에게 더 잘 보이려고 몸을 돌리다 거의 넘어질 뻔한 금발의 작은 아가씨도 보였다. 왕이 키 큰 삼지창에 기댔음에도 조금 흔들려서 그렇게 확실하게 걷지 못했다. 아마 축제 전에 해적들이 잘 대접한 듯했다. 하지만 바다의 왕은 항구의 중앙에 있는 위엄스런 왕좌(王座)까지 무사히 이르러 자리에 앉더니 삼지

창으로 땅을 세 번 두드리고 천둥처럼 말했다.
"바다의 나라에서 너희들이 나를 위해 택한 새로운 바다의 여왕을 만나러 왔다."
"그녀는 겸손하게 왕을 기다립니다. 대왕이시여!"
나는 익숙한 목소리를 들었다. 그리고 무섭게 하는 해적 중 하나가 배우 덴 필로브임을 이제 알았다.
"내가 너를 보고 싶구나."
왕이 명령했다. 얼마 있다가 포세이돈 앞에 덴 필로브와 어제 경연대회에서 바다의 여왕으로 왕관을 쓴 검은 머릿결의 아가씨가 섰다. 지금 그녀는 짧은 오렌지색 웃옷을 입고 빨간 왕관이 검은 머릿결을 덮었다.
"너의 미모 앞에서 모든 바다의 폭풍우는 잠잠해질 것이다."
포세이돈이 말하고 즉시 명령했다.
"나의 충성스런 이발사야! 이리 오너라."
"제가 여기 도착했습니다. 전능하신 포세이돈이시여!"
저음의 남자 목소리가 들렸다. 바다의 왕 앞에 하얀 가운을 입고 커다란 나무 면도칼을 든 마른 이발사가 섰다.
"나의 충성스런 이발사야! 새로운 바다의 여왕 다리를 면도해라! 우리 바다의 나라 법률과 전통이 요구하는 대로."
"즉시 하겠습니다. 대왕이시여!"
검은 머릿결의 아가씨는 작은 의자에 앉고 이발사는 열심히 그녀의 다리를 커다란 솔로 비누칠했다. 이런 의식을 하는 도중 사람들은 천둥치듯 웃고 오직 해적과 요정과 포세이돈만 진지하게 신중하게 이발사의 일을 살폈다. 이발사는 능숙하게 바다의 여왕 발을 면도하고 커다란 물 주전

자로 그것을 손수 씻었다. 포세이돈은 만족하게 고개를 흔들고 삼지창으로 세 번 땅을 두드린 뒤 위엄있게 선포했다.

"너는 이제 율법에 따라 모든 바다와 대양의 왕비가 되었다. 모든 바다 휴양지와 거기서 쉬는 모든 남자는 너의 것이다."

다시 천둥같은 웃음이 폭발했지만 바다의 대왕은 그들을 조용하게 했다.

"포도주를! 모든 사람을 위해 포도주를 따라라! 내 축제를 맞이하여 파도는 잠들어라! 바다는 고요하라! 지금 너희는 모두 나의 손님이다."

어딘가에서 해적들이 술병과 잔을 가져와 아낌없이 참석자들에게 대접하기 시작했다.

"음악을 틀어라!"

외치듯 포세이돈이 명령했다. 항구의 다른 쪽에서 미친듯한 가락이 답장하듯 소리 냈다. 참석자 중 일부는 술통으로 재빨리 다가가고 다른 이들은 춤을 추기 시작하고 무서운 소동이 항구를 감쌌다.

벌써 누가 무엇을 하는지 알 수 없었다. 포세이돈, 바다의 여왕. 요정, 해적들이 어디로 사라졌는지. 오로지 큰 순양함만 조용하게 항구에서 출렁이고 있다. 그 다채로운 색깔의 전등이 흥분한 사람들의 벌집을 비추었다. 사람들이 인정사정없이 나를 밀어 그런 강하고 숨막히는 포옹에서 벗어나려고 했지만 소용 없었다. 마침내 그 소란스러운 사람의 바다가 나를 항구 귀퉁이로 던졌다. 가볍게 한숨을 내쉬고 이제 호텔로 돌아가려고 할 때 나는 클라라를 보았다.

"안녕!"

그녀가 말했다.

"안녕하세요."

내가 대답했다

"그렇게 빨리 포세이돈의 인상적인 축제를 떠나나요?"

그녀는 비꼬듯 물었다.

"숨 막힐 듯 해서요."

"나도 그래요."

"아델레와 레오 씨는 거기 있나요?"

"예, 그들은 놀기를 좋아해요. 정말 벌써 춤을 추고 있죠."

우리는 항구를 떠났다. 우리 뒤에는 미친 가락과 웃음과 고함이 남았다. 우리는 걸었다. 그러나 어디로 가는지 나는 알지 못했다. 클라라는 조용했고 나는 감히 말을 걸 용기가 없었다. 어느새 우리는 내가 낮에 자주 들렀던 해만에 가까이 갔다.

"언젠가 여기에 기념비, 커다란 황금 포세이돈이 서 있었어요."

내가 조용히 말을 시작했다.

"어디서 그것을 들었나요?"

클라라가 묻고 호기심을 가지고 나를 쳐다보았다.

"한 번은 제가 여기 있었는데 소년이 아주 오래전에 아마 수백년 전에 이 바위에 키가 큰 황금 포세이돈이 서 있었다고 내게 이야기해 줬어요. 하지만 아마도 지진 때문에 바위가 넘어지고 기념비가 바다 속으로 잠겼어요."

"흥미로운 전설이네요."

클라라가 중얼거렸다.

"아니요. 그 소년은 기념비가 실재하고 지금 그것이 바다 속에 누워 있다고 확신해요. 그리고 언젠가 그가 꼭 그것을 찾아 낼 것이라고 믿고 있어요."

"이상하네요. 우리 거기로 가요."

클라라가 제안했다.

"어디로요?"

"해만으로."

말없이 우리는 바위사이로 가서 조심스럽게 작은 오솔길을 지나 바닷가로 내려갔다. 어둠과 침묵이 해만을 덮었다. 오직 파도의 출렁이는 소리만 내게 우리가 바닷가에 서 있음을 떠올리게 했다. 우리 앞에 파도 위에 달의 은빛길이 놀랍게 빛났다. 어떻게든 불안하게 우리는 해만에 외롭게 있다고 느꼈다.

"저기가 그 바위에요."

내가 바다를 가리켰다.

"아마 어딘가에 그 바위 아래 황금 포세이돈이 누워 있어요."

"전설이죠. 많은 전설이 바위와 연결되어 있어요."

클라라가 작게 속삭였다.

"가까이 내 고향 도시에도 키가 큰 검은 바위가 있어요. 사람들이 그것을 우는 바위라고 불러요. 전설에 따르면 아주 오래전에 터키의 통치하에서 그 바위에서 마을에서 가장 예쁜 아가씨 네다가 몸을 던졌어요."

"왜요?"

"터키 총독이 그녀의 미모에 반해 결혼하기를 원했죠. 총독이 네다에게 황금과 보석을 제안하고 그녀를 세상에서 가장 부자로 만들겠다고 말했어요. 그렇지만 네다는 동의하지 않고 총독의 아내가 되기보다는 바위에서 뛰어내리기를 더 좋아했지요. 사람들이 말하길 지금도 보름달이 뜰 때 네다가 하얀 옷을 입고 바위에 앉아 자기 긴 머리를 따고 있는 것을 자주 본답니다."

클라라는 조용하더니 모래 위에 앉았다. 나도 그녀 옆에 앉았다. 이순간 어딘가 멀리서 우리 앞으로 별이 떨어졌다. 밤이 마치 그것을 삼키고 그 작은 별은 영원히 사라졌다.

"누가 죽었네요."

내가 속삭였다.

"그렇게 사람들이 말해요. 별이 떨어질 때."

"아니오. 별이 떨어질 때 무언가를 빌어야만 해요. 별이 사라지기 전에 조그맣게 소원을 말하면 소원이 반드시 이루어진답니다."

클라라가 말했다.

"내가 어렸을 때 나는 자주 별이 떨어지는 것을 보았어요. 많은 소원을 빌었지요. 그렇지만 그것 중 하나도 이루어진 게 없어요."

클라라가 가만히 바다를 바라보았다. 그녀의 얼굴은 나와 너무 가까워 그녀의 머릿결에서 라일락 향기가 나서 이유를 알지 못 하지만 그녀 뺨에 키스했다. 갑작스러운 불꽃이 나를 태워 나는 곧 일어서려고 했지만 그녀 손이 내 어깨를 만지고 그녀의 서늘한 입술이 내 뜨거운 입술에 닿았다. 입맞춤은 쓰디쓴 포도주의 취하는 방울 같아서 나는 거의 정신을 잃을 뻔했다. 내가 지금 땅에 있는가 하늘에 있는가 나는 모른다. 꿈처럼 힘없이 나는 그녀를 애무하고 내 입술은 목마른 듯 그녀의 머릿결, 눈, 뺨을 찾았다. 그녀는 마치 내게서 자유롭고 싶어하듯 했지만 그녀의 깊은 숨소리가 나를 더 세게 그녀를 껴안도록, 더 세게 그녀에게 입맞춤하도록, 내 몸에 더 가까이 그녀의 강하고 따뜻한 체온을 느끼도록 했다. 나는 깊은 바다에 빠진 듯했다. 나는 목이 잠겨서 '안 돼. 안 돼.' 소리치고 싶었다. 미친 듯이 달아나고 싶었다. 그렇지만 그 바다가 나를 달콤한 바다의 고통 속에 감쌌다. 그래서 거기서 더 수영해 나올 수 없었다. 내 옆에 깊이 숨을 쉬며 가만히 클라라가 누워 있었다. 모래 방울이 내 목을 간지럽혔다. 어떤 무거운 피로 때문에 나는 일어날 수 없었다. 우리 위에 별이 눈물처럼 반짝였다.

"보았나요?"

클라라가 속삭였다.

"무엇을요?"

"황금 포세이돈을. 그것이 저기 바위 위에 서 있어요."

나는 바위를 쳐다보았지만 아무 것도 볼 수 없었다. 클라라는 천천히 바다로 갔다.

"클라라."

나는 작게 속삭였지만 그녀는 마치 못 들은 듯했다. 클라라는 조용히 걷고 바람은 그녀 머릿결을 흔들고 그녀의 맨발은 모래 위에 작은 흔적을 남겼다. 그녀는 수영하기 시작했다. 오래도록 나는 그녀의 머리를 보았다. 하지만 조금씩 그것이 더 작게 더 작게 되어 결국 사라졌다.

아침까지 나는 바닷가에서 클라라를 기다렸다. 오른쪽에서 천천히 장엄하게 해의 커다란 구리빛 원반이 솟아올랐다.

그것은 수평선까지 끝없이 파란 바다를 밝혔지만 조용한 파도위에 아무도 볼 수 없었다. 클라라가 사라지고 나는 무슨 생각을 할 줄 몰랐다.
무서운 공포가 나를 감쌌다. 마치 안개 속에서 무슨 일이 일어났는지 나는 알았다. 나는 소리치고 싶었다. 하지만 따뜻한 눈물이 나를 질식시켰다. 나는 오직 내가 미친 듯이 달려가 오래도록 달렸다는 것만 기억한다. 내가 호텔에 들어 올 때는 아주 일찍이었다. 힘없이 내 방을 열고 옷을 여행 가방에 던져 넣고 달려서 아직 편안히 자고 있는 호텔을 떠났다. 버스에서 나를 제외하고 오직 두 사람만 있었지만 그들은 나를 알아보지 못했다. 버스는 바다 옆으로 직선길을 달렸다. 내 얼굴을 서늘한 창유리에 기댔다. 나의 안개같은 시선 앞에서 바다는 파랬고 내 입술은 나도 모르게 속삭였다.
"클라라, 클라라."

11

Preskaŭ la tutan tagon mi pasigis en la golfo. La ondoj plaŭdis, kaj mi senmove kontempladis la nigrajn rokojn. Stranga estas la homa psiko; antaŭe mi eĉ ne rimarkis tiujn ĉi rokojn, sed kiam Rusi diris al mi, ke ĉirkaŭ ili, aŭ sub ili kuŝas la Ora Pozidono, tiuj ĉi rokoj iĝis por mi misteraj. Kia miraklo estus, se vere la granda ora monumento kuŝus ie tie, kaj post tiom da jarcentoj oni trovus ĝin.
Tamen mi ne kredis en tiu ĉi legendo. Delonge jam mi trapasis la aĝon, dum kiu oni kredas en legendoj kaj fabeloj.
La maro estis kiel vasta silka tolo, krispigita de la vento, kaj subite mi eksentis, ke eble tiu ĉi somero estas ne la unua, sed la lasta. Ĝi estis la lasta somero de mia adoleskanteco. En tiu ĉi somero mi finis la gimnazion. Malantaŭ mi restis la gimnaziaj jaroj kun la silenta monotona vivo de mia provinca urbo. Tie ĉio estis klara kaj konata, sed kio estos antaŭ mi?
La vivo antaŭ mi, timigis kaj allogis min kiel la maro. Ja neniu povus scii, kiam la kvietaj ondoj ekfuriozos kaj kiam pezaj nuboj kovros la

kirlitan spacon.
Mi rememoris mian strangan sonĝon kun la blanka kolombo, kiu insiste rukulis: „Ne restu plu, ne restu plu en via kaĝo". Eble mi detruis jam la kaĝon de miaj infanaj kaj adoleskaj jaroj, sed tiam mi povis kredi en legendoj kun mirindaj oraj Pozidonoj; mi povis kredi, ke iu lingvo internacia kunligos la homojn, kaj ke ĉiu amo estas vera kaj sincera. Kaj nun, en kio ankoraŭ mi kredas? Ĉu ankaŭ mi ne devas elpensi iun Oran Pozidonon kaj serĉi ĝin? Ĉu nia tuta vivo ne estas serĉado de iu fikcia Ora Pozidono? Ĉu la cigano, kiun ni vidis en la drinkejo, ne serĉis tiun Oran Pozidonon en la violonludado, ĉu Leo ne serĉis ĝin en Esperanto, kaj ĉu Panov ne serĉis ĝin en la filmoj, kiujn li filmis?
Tamen neniu scias, kie ĝuste troviĝas tiu ĉi mistera Ora Pozidono, aŭ eble ĝi estas en ni mem. Ĉu mi ne vidis ĝin brili en la helaj okuloj de Rusi aŭ en la trankvila rigardo de la cigano? Antaŭ mi la maro glatis kiel spegulo, sed mi ne kuraĝis sola naĝi al la nigraj rokoj. Mi supozis, ke ankaŭ hodiaŭ Rusi venos kaj ni povus iom babiladi, sed la tutan tagon li ne venis.
Foje mi aŭdis, ke ofte kiam la surfaco de la

maro trankvilas, en ĝia profundo estas danĝera ondado. La maristoj nomas ĝin „mortondado", eble tial Rusi ne venis hodiaŭ. Oni diras, ke kiam estas mortondado eĉ spertaj naĝistoj ne kapablas naĝi, ĉar la sub-surfacaj ondoj trenas ilin for de la bordo.

Vespere je la naŭa horo komenciĝis la festo de Pozidono. Sur la haveno regis tumulto, kaj kvazaŭ ĉiuj ripozantoj, senescepte, venis ĉi tien por renkonti la Maran Reĝon kaj liajn nimfojn. En la ekscititaj krioj, ridoj, paroloj oni denove povis eksenti la nesatigeblan soifon por spektaklo kaj amuzo.
En la densa homamaso nur por momento mi rimarkis Klaran, Leon kaj Adèle, sed mi rapide kaŝis min.
Mi ne povis imagi, kia estos la festo de Pozidono, kaj mi devas konfesi, ke ankaŭ mi senpacience atendis la aperon de la Mara Reĝo.
Senventa kaj varmeta estis la vespero. Sur la ĉielo kiel scivolaj okuloj briletis la steloj.
- La ŝipo venas! - ekkriis iu subite.
Instinkte mi alrigardis la maron. Al la haveno malrapide proksimiĝis fregato sur kies mastoj lumis girlandoj el diverskoloraj lampoj.

La homamaso ekkriis salute. Kiel en mirinda fabelo, la fregato lante proksimiĝis, brue ankriĝis kaj el ĝi saltis piratoj, armitaj per oldaj fusiloj, pistoloj, ponardoj, kaj ili portis flamantajn toreojn en la manoj.
- Faru vojon, faru vojon al Lia Reĝa Moŝto Pozidono! – kriis la piratoj, farantaj larĝan koridoron en la homamaso.
Solene, malrapide, kun siaj multaj nimfoj, el la fregato descendis mem Pozidono. Li havis densan barbon el algoj, kaj sur liaj verdaj haroj staris granda reĝa krono. El algoj estis ankaŭ la longaj haroj de la duonnudaj nimfoj.
Al mi ekŝajnis, ke kelkaj el tiuj nimfoj partoprenis en la konkurso „Reĝino de la maro", aŭ eble iujn el ili mi vidis en la danctrinkejo. Jes, inter ili estis ankaŭ la eta blondulino, kiu antaŭhieraŭ, en la konkurso, preskaŭ falis de sur la podio, kiam ŝi turnis sin por pli bone montri sian nudan dorson al la ĵurio.
Malgraŭ ke Lia Reĝa Moŝto apogis sin al alta tridento, li iom ŝanceliĝis kaj ne tre certe pasis, eble antaŭ la festo, la piratoj bone lin regalis. Tamen la Mara Reĝo sukcesis atingi la majestan tronon, kiu staris en la centro de la haveno, kaj kiam li sidiĝis sur la trono, li tri fojojn frapis la

teron per la tridento, kaj tondare diris:
- El la mara regno mi alvenis por la nova marreĝino, kiun vi por mi elektis.
- Ŝi atendas vin humile, Via Reĝa Moŝto – mi aŭdis konatan voĉon, kaj nun mi rimarkis, ke unu el la timigaj piratoj estis mem Den Filov, la aktoro.
- Mi volas vidi ŝin! - ordonis la reĝo.
Postnelonge antaŭ Pozidono ekstaris Den Filov kaj la nigraharulino, kiun hieraŭ en la konkurso oni kronis Reĝino de la maro. Nun ŝi surhavis mallongan oranĝkoloran robon, kaj ruĝa diademo tenis ŝiajn nigrajn harojn.
- Antaŭ via beleco eksilentos ĉiuj maraj ŝtormoj! - diris Pozidono kaj tuj ordonis: – Mia fidela barbiro, venu ĉi tien!'
- Mi estas je Via dispono, Potenca Pozidono - aŭdiĝis basa voĉo, kaj antaŭ la Mara Reĝo ekstaris magra barbiro en blanka mantelo, kun grandega ligna razilo,
- Mia fidela barbiro, razu la krurojn de la nova marreĝino, kiel postulas la leĝoj kaj tradicioj de mia mara regno!
- Tuj, Via Reĝa Moŝto.
La nigraharulino eksidis sur etan seĝon, kaj la barbiro komencis diligente sapumi ŝiajn krurojn

per granda broso.

Dum tiu ĉi ceremonio, la homamaso tondre ridis, nur la piratoj, nimfoj kaj Pozidono observis gravmiene kaj serioze la laboron de la barbiro.

La barbiro lerte razis la krurojn de la marreĝino, kaj li mem lavis ilin per grandega kruĉo da akvo. Pozidono kontente balancis la kapon, tri fojojn frapis la teron per la tridento, kaj solene anoncis:

- Vi jam estas leĝa reĝino de ĉiuj maroj kaj oceanoj. Viaj estas ĉiuj maraj restadejoj kaj ĉiuj viroj, kiuj ripozas tie.

Denove eksplodis tondraj ridoj, sed Lia Reĝa Moŝto silentigis ilin:

- Vinon! Por ĉiuj oni verŝu vinon, okaze de mia festo! Ekdormu, ondoj! Silentiĝu, maroj! Nun vi ĉiuj estas miaj gastoj!

De ie la piratoj alportis barelojn, pokalojn kaj komencis malavare regali la ĉeestantojn.

- Muzikon! – ordonis krie Pozidono, kaj de la alia flanko de la haveno responde eksonis freneza melodio.

Iuj el la ĉeestantoj rapidis proksimiĝi al la bareloj, aliaj ekdancis, kaj terura tumulto ekregis sur la haveno. Ne eblis jam kompreni kiu kion faras; kie malaperis Pozidono, la marreĝino, la nimfoj kaj la piratoj. Nur la fregato trankvile balanciĝis ĉe la haveno kaj ĝiaj multkoloraj lampoj lumigis la incititan homan abelujon.

La amaso senkompate puŝis min, kaj vane mi provis liberiĝi el ĝia forta kaj sufoka ĉirkaŭbrako. Fin-fine tiu bruanta homa mato elĵetis min iom flanken de la haveno. Malpeziĝinte mi elspiris, kaj kiam mi intencis jam ekiri al la hotelo, mi rimarkis Klaran.

- Saluton - ŝi diris.

- Saluton - mi respondis,

- Ĉu tiel frue vi forlasas la imponan feston de Pozidono? - ŝi demandis ironie.

- Oni preskaŭ sufokis min.

- Ankaŭ min.

- Ĉu Adèle kaj Leo restis tie?

- Jes, ili ŝatas amuziĝi, kaj verŝajne ili jam dancas.

Ni forlasis la havenon. Malantaŭ ni restis la freneza melodio, la ridoj kaj krioj. Ni iris, sed kien - mi ne sciis. Klara silentis kaj mi ne kuraĝis alparoli ŝin.

Nerimarkeble ni proksimiĝis al la golfo, kien mi kutimis veni tage.

- Iam ĉi tie staris monumento, granda Ora Pozidono - mi ekparolis mallaŭte.
- De kie vi scias tion? – demandis Klara, kaj scivole alrigardis min.
- Foje mi estis ĉi tie, kaj knabo rakontis al mi, ke tre antaŭlonge, eble antaŭ jarcentoj, sur tiuj rokoj staris alta Ora Pozidono, sed verŝajne pro tertremo la rokoj falis, kaj la monumento dronis en la maro.
- Interesa legendo - murmuris Klara.
- Ne. Tiu knabo estas certa, ke la monumento ekzistis, ke nun ĝi kuŝas en la maro, kaj li eĉ kredas, ke iam li nepre trovos ĝin.
- Strange. Ni iru tien - proponis Klara.
- Kien?
- Al la golfo.
Senvorte ni ekiris inter la rokoj, kaj atente, tra la eta pado, ni descendis al la bordo.
Obskuro kaj silento tegis la golfon, kaj nur la susura plaŭdo de la ondoj rememorigis min, ke ni staras sur la mara bordo. Antaŭ ni, sur la ondoj, mirinde brilis la arĝenta pado de la luno, kaj iel maltrankvile mi eksentis, ke ni estas solaj en la golfo.
- Tie estas la rokoj - mi montris al la maro. - Eble, ie, sub ili, kuŝas la Ora Pozidono.

– Legendo. Multaj legendoj estas ligitaj al rokoj – ekflustris Klara. - Proksime ĉe mia naska urbo ankaŭ situas altaj nigraj rokoj. Oni nomas ilin „Plorantaj Rokoj". La legendo rakontas, ke antaŭ multaj, multaj jaroj, dum la turka regado, de tiuj rokoj ĵetis sin Neda, la plej bela junulino en la urbo.

- Kial?

- Turka paŝao estis ravita de ŝia beleco, kaj volis edzinigi ĝin. La paŝao proponis al Neda oron kaj gemojn, li diris, ke li faros ŝin la plej riĉa virino en la mondo, sed Neda ne konsentis, ŝi preferis ĵeti sin de la rokoj, ol iĝi edzino de la paŝao. Oni rakontas, ke ankaŭ nun, foje-foje, kiam estas plenluno, oni vidas Nedan sidi sur la rokoj, en blanka robo, kaj plekti sian longan hararon.

Klara eksilentis kaj eksidis sur la sablo. Ankaŭ mi eksidis apud ŝi. En tiu ĉi momento, ie fore, antaŭ ni, falis stelo. La nokto kvazaŭ englutis ĝin, kaj tiu eta stelo malaperis por eterne.

- Iu mortis - mi ekflustris, – Tiel oni diras, kiam falas stelo.

- Ne. Kiam falas stelo, oni devas ekdeziri ion, kaj se oni mallaŭte eldiras la deziron antaŭ la malapero de la stelo, la deziro nepre realiĝos

d- iris Klara. - Kiam mi estis infano, mi ofte vidis stelofalojn, kaj multajn dezirojn mi havis, sed el ili eĉ unu ne realigis...
Klara senmove rigardis la maron. Ŝia vizaĝo estis tiel proksime al la mia, ŝiaj haroj siringe odoris, kaj mi ne scias kial, sed mi kisis ŝian vangon.
Subita flamo bruligis min, ni provis tuj ekstari, tamen ŝia mano tuŝis mian ŝultron kaj ŝiaj tepida lipoj tanĝis miajn varmajn lipojn. La kiso estis kiel ebriiga gluto da amara vino, kaj mi kvazaŭ perdis la konscion. Ĉu mi estis sur la tero aŭ en la ĉielo, mi ne sciis? Kiel en sonĝo, senforte mi karesis ŝin kaj miaj lipoj soife serĉis ŝiajn harojn, okulojn, vangojn... Ŝi kvazaŭ provis liberiĝi de mi, sed ŝiaj profunda spirado kaj ĝemoj igis min pli forte ĉirkaŭbraki ŝin, pli forte kisi ĝin kaj pli proksime senti ŝian fortan varman korpon al la mia.
Mi dronis kvazaŭ en profunda maro, mi volis plengorĝe ekkrii „ne, ne!", freneze forkuri, sed tiu maro volvis min en dolĉamara doloro, kaj mi ne povis plu elnaĝi el ĝi.
Apud mi, profundspiranta kaj senmova kuŝis Klara. La sableroj tiklis mian nukon, sed pro iu peza laco mi ne povis ekstari. Super ni la steloj

brilis kiel larmoj.
- Ĉu vi vidas? – ekflustris Klara.
- Kion?
- La Oran Pozidonon. Ĝi staras tie sur la rokoj.
Mi rigardis al la rokoj, sed nenion mi rimarkis.
Klara ekiris malrapide al la maro.
- Klara... – mi ekflustris, sed ŝi kvazaŭ ne aŭdis min.
Klara silente paŝis, la vento flirtigis siajn harojn, kaj ŝiaj nudaj piedoj lasis etajn spurojn sur la sablo.
Ŝi komencis naĝi. Longe mi vidis ŝian kapon, sed iom post iom ĝi iĝis pli malgranda, pli malgranda kaj tute malaperis.

Ĝis mateno mi atendis Klaran sur la bordo. Oriente elnaĝis malrapide kaj majeste la grandega kupra disko de la suno. Ĝi lumigis ĝis la horizonto la senliman bluan maron, sed sur la kvietaj ondoj videblis neniu.
Klara malaperis kaj mi ne sciis kion pensi. Obsedis min terura timo. Kvazaŭ en nebulo mi konsciis, kio okazis, mi volis ekkrii, sed varmaj larmoj sufokis min.
Mi nur memoras, ke mi ekkuris freneze, kaj longe mi kuris. Estis ege frue, kiam mi eniris la

hotelon. Febre mi malŝlosis mian ĉambron, ĵetis la vestojn en la valizon kaj kure forlasis la hotelon, kiu ankoraŭ dormis trankvile.
En la aŭtobuso krom mi estis nur du personoj, sed ili tute ne rimarkis min. La aŭtobuso kuris sur la rekta vojo preter la maro. Mia vizaĝo tuŝis la tepidan fenestran vitron. Antaŭ mia nebula rigardo bluis la maro, kaj miaj lipoj nevole flustris: - Klara, Klara...

Budapeŝto, novembro 1980 - novembro 1982

저자에 대하여

율리안 모데스트는 1952년 5월 21일 불가리아의 소피아에서 태어났다. 1977년 소피아의 '성 클리멘트 오리드스키' 대학에서 불가리아어 문학을 공부했는데 1973년 에스페란토를 배우기 시작했다. 이미 대학에서 잡지 '불가리아 에스페란토사용자'에 에스페란토 기사와 시를 게재했다.

1977년부터 1985년까지 부다페스트에서 살면서 헝가리 에스페란토사용자와 결혼했다. 첫 번째 에스페란토 단편 소설을 그곳에서 출간했다. 부다페스트에서 단편 소설, 리뷰 및 기사를 통해 다양한 에스페란토 잡지에 적극적으로 기고했다. 그곳에서 그는 헝가리 젊은 작가 협회의 회원이었다.

1986년부터 1992년까지 소피아의 '성 클리멘트 오리드스키' 대학에서 에스페란토 강사로 재직하면서 언어, 원작 에스페란토 문학 및 에스페란토 운동의 역사를 가르쳤고 1985년부터 1988년까지 불가리아 에스페란토 협회 출판사의 편집장을 역임했다.

1992년부터 1993년까지 불가리아 에스페란토 협회 회장을 지냈다.

현재 불가리아에서 가장 유명한 작가 중 한 명이다.

불가리아 작가 협회의 회원이며 에스페란토 PEN 클럽회원이다.

PRI LA VERKISTO

Julian Modest (Georgi Mihalkov) naskiĝis la 21-an de majo 1952 en Sofio, Bulgario. En 1977 li finis bulgaran filologion en Sofia Universitato "Sankta Kliment Ohridski", kie en 1973 li komencis lerni Esperanton. Jam en la universitato li aperigis Esperantajn artikolojn kaj poemojn en revuo "Bulgara Esperantisto".

De 1977 ĝis 1985 li loĝis en Budapeŝto, kie li edziĝis al hungara esperantistino. Tie aperis liaj unuaj Esperantaj noveloj. En Budapeŝto Julian Modest aktive kontribuis al diversaj Esperanto-revuoj per noveloj, recenzoj kaj artikoloj.

De 1986 ĝis 1992 Julian Modest estis lektoro pri Esperanto en Sofia Universitato "Sankta Kliment Ohridski", kie li instruis la lingvon, originalan Esperanto-literaturon kaj historion de Esperanto-movado. De 1985 ĝis 1988 li estis ĉefredaktoro de la eldonejo de Bulgara Esperantista Asocio. En 1992-1993 li estis prezidanto de Bulgara Esperanto-Asocio.

Nuntempe li estas unu el la plej famaj bulgar-lingvaj verkistoj. Kaj li estas membro de Bulgara Verkista Asocio kaj Esperanta PEN-klubo.

율리안 모데스트의 저작들

-우리는 살 것이다!: 리디아 자멘호프에 대한 기록드라마
-황금의 포세이돈: 소설
-5월 비: 소설
-브라운 박사는 우리 안에 산다: 드라마
-신비로운 빛: 단편 소설
-문학 수필: 수필
-바다별: 단편 소설
-꿈에서 방황: 짧은 이야기
-세기의 발명: 코미디
-문학 고백: 수필
-닫힌 조개: 단편 소설
-아름다운 꿈: 짧은 이야기
-과거로부터 온 남자: 짧은 이야기
-상어와 함께 춤을: 단편 소설
-수수께끼의 보물: 청소년을 위한 소설
-살인 경고: 추리 소설
-공원에서의 살인: 추리 소설
-고요한 아침: 추리 소설
-사랑과 증오: 추리 소설
-꿈의 사냥꾼: 단편 소설
-내 목소리를 잊지 마세요: 중편소설 2편
-인생의 오솔길을 지나: 여성 소설
-욤보르와 미키의 모험: 어린이책
-비밀 일기: 소설
-모해: 소설

Verkoj de Julian Modest

1. “Ni vivos!” -dokumenta dramo pri Lidia Zamenhof. Eld.: Hungara Esperanto-Asocio, Budapeŝto,1983.
2. “La Ora Pozidono” -romano. Eld.: Hungara Esperanto-Asocio, Budapeŝto, 1984.
3. “Maja pluvo” -romano. Eld.: “Fonto”, Chapeco, Brazilo, 1984.
4. “D-ro Braun vivas en ni”. Enhavas la dramon “D-ro Braun vivas en ni” kaj la komedion “La kripto”. Eld.: Hungara Esperanto-Asocio, Budapeŝto, 1987.
5. “Mistera lumo” -novelaro. Eld.: Hungara Esperanto-Asocio, Budapeŝto, 1987.
6. “Beletraj eseoj” -esearo. Eld.: Bulgara Esperantista Asocio, Sofio, 1987.
7. “Ni vivos!” -dokumenta dramo pri Lidia Zamenhof -grandformata gramofondisko. Eld.: “Balkanton”, Sofio, 1987
8. “Sonĝ vagi” -novelaro. Eld.: Bulgara - Esperanto-Asocio, Sofio, 1992.
9. “Invento de l' jarcento” -enhavas la komediojn “Invento de l' jarecnto” kaj “Eŭopa firmao” kaj la dramojn “Pluvvespero”, “Enŝeliĝ en la koron” kaj “Stela melodio”. Eld.: Bulgara Esperanto-Asocio, Sofio, 1993.

10. "Literaturaj konfesoj" -esearo pri originala kaj tradukita Esperanto-literaturo. Eld.: Esperanto-societo "Radio", Pazarĝik, 2000.
11. "La fermita konko" -novelaro. Eld.: Al-fab-et-o, Skovde, Svedio, 2001.
12."Bela sonĝ" -novelaro, dulingva Esperanta kaj korea. Eld.: "Deoksu" Seulo, Suda Koreujo, 2007.
13. "Mara Stelo" -novelaro. Eld.: "Impeto" -Moskvo, 2013
14. "La viro el la pasinteco" -novelaro, esperantlingva. Eldonejo DEC, Kroatio, 2016, dua eldono 2018.
15. "Dancanta kun ŝarkoj" - originala novelaro, eld.: Dokumenta Esperanto-Centro, Kroatio, redaktoro: Josip Pleadin, 2018
16."La Enigma trezoro" - originala romano por adoleskuloj, eld.: Dokumenta Esperanto-Centro, Kroatio, redaktoro: Josip Pleadin, 2018
17."Averto pri murdo" - originala krimromano, eld.: Eldonejo "Espero", Peter Balaz, Slovakio, 2018
18."Murdo en la parko" - originala krimromano, eld.: Eldonejo "Libera", Lode Van de Velde, Belgio, 2018
19."Serenaj matenoj" - originala krimromano, eld.: Eldonejo "Libera", Lode Van de Velde, Belgio, 2018
20."Amo kaj malamo" - originala krimromano, eld.: Eldonejo "Libera", Lode Van de Velde, Belgio, 2019

21.“Ĉsisto de sonĝj” - originala novelaro, eld.: Eldonejo "Libera", Lode Van de Velde, Belgio, 2019
22.“Ne forgesu mian voĉn” -du noveloj, eld.: Eldonejo "Libera", Lode Van de Velde, Belgio, 2020
23. “Tra la padoj de la vivo” -originala romano, eld.: Eldonejo "Libera", Lode Van de Velde, Belgio, 2020
24.“La aventuroj de Jombor kaj Miki” -infanlibro, originale verkita en Esperanto, eld.: Dokumenta Esperanto-Centro, Kroatio, redaktoro: Josip Pleadin, 2020
25. “Sekreta taglibro” - originala romano, eld.: Eldonejo "Libera", Lode Van de Velde, Belgio, 2020
26. “Atenco” - originala romano, eld.: Eldonejo "Libera", Lode Van de Velde, Belgio, 2021

번역자의 말

『황금의 포세이돈』은 포세이돈의 전설이 깃든 휴양지에서 생긴 이야기입니다.
이 책을 구매하신 모든 분께 감사드립니다.
주인공 에밀은 고등학교를 졸업하고 이제 군대에 가야합니다. 은행원인 아버지는 한번도 바다를 보지 못한 것이 아쉬워 에밀에게 군대가기전 2주간의 바다여행을 가라고 돈을 줍니다.
바닷가 휴양지에서 혼자 휴가를 즐기던 어느 날 에스페란토를 하는 세 사람을 만나 함께 다니며 친하게 지냅니다.
그 동네 소년에게 포세이돈의 전설도 듣고 바다의 여왕 경연대회도 보고, 포세이돈의 축제를 구경합니다.
마지막 장면에서 클라라가 포세이돈의 환상을 보고 바다로 걸어들어간 뒤 사라져 에밀은 서둘러 휴양지를 떠납니다.
이 소설은 주인공이 10년 만에 다시 휴양지에 돌아와 그때를 회상하는 방식인데 읽는 내내 마음이 아팠습니다.
율리안 모데스트 작가의 아름다운 문체와 읽기 쉬운 단어, 그리고 인생 이야기로 인해 에스페란토 학습자에게는 재미있고 무언가 느끼며 읽을 수 있는 유익한 책이라고 생각합니다. 책을 읽고 번역하면서 다시 읽게 되고, 수정하면서 다시 읽고, 책을 출판하기 위해 다시 읽고, 여러 번 읽게 되어 저는 아주 행복합니다.
바쁜 하루에서 조그마한 시간을 내어 내가 좋아하는 책을 읽고 묵상하는 것은 힘든 세상에서 우리를 지탱해 줄 힘을 얻기 때문입니다. 오태영(mateno, 진달래출판사 대표)